今、行き詰まっている君へ

―人生をきりひらく80の知恵

WisingUp

―A Youth Guide to Good Living

レナルド・フェルドマン　M. ジャン・ルミ　共著

浅井真砂　訳

CHOEISHA

まえがき

> いい生き方をすること、それが最大の復讐

> ——ヒレル[1]

親愛なる世界中の若い人たちへ

　いい人生とは何？　どう生きること？　これは、文明の曙光の時代から、人間に挑まれた問いでした。

　幸いにもこれまでに、世界の偉大なる賢人たち、学者や詩人たちが、この問題に対する答えを提供してくれ、識字教育の普及を支えた公立図書館の設置や翻訳家の粘り強い努力によって、上記の疑問への尊い回答が、私たち人類の大半に行き渡るようになったことは、大変ありがたいことです。もっとも、私たちがそれらに目を向ければですが……。集合的にこれら先人たちの気付きは、「知恵」として知られています。とは言いながら、近年、このような古代や現代の哲学や宗教の中にあるすばらしい文献を読み抜こうとする、時間と修養を持ち合わせている人は、非常に少ないのが現状です。そこで私たち著者は、読者の皆さんにこれらの「知恵」をお届けすることを念願し、この本に、皆さんが毎日の生活の中で活かせる、いい生き方をするための80の「知恵」をご紹介したいと思います。

　ただ、あらかじめ分かっておいて欲しいのは、ここには新しいことは一つもなく、「知恵」とは極めて古いものであり、世界のあらゆる伝統の中に存在するということです。しかしだからこそ、どんな人もこの力を借り

て、より良く生きることができるものです。この本の中で私たちは、皆さんが理解しやすい言葉と、実践しやすい方法を用いることで、世界中から集めた「知恵」を利用できるよう試みました。ここに紹介されたアドバイスは、これまでより以上に、その効果を発揮するでしょう。それは昔と違って、現代の私たちには、自分たちの限られたグループだけではなく、世界中の「知恵」に触れる手段が与えられているからです。

　言うまでもなく、最高の助言も、活かされなければ無駄になってしまいます。ですから、この本を読んで、興味のないものは後回しにし、魅力を感じたものから先に試してみてください。また、どれがあなたの役に立ち、何がそうでなかったか、後から私たちに教えてください。あなた自身の「知恵」が、将来私たちがこの書籍を再版する時のアドバイスになることでしょう。

　私たちは、急速で、しかも激変する時代を生きています。どうか拙著が、たとえ荒波の航海においても、あなたの船の安定を促す一助になりますように、心からお祈りします。

　"Bon voyage!"
　どうぞつつがない旅を！

---

1 Hillel：ヒレルは、紀元前後のユダヤ教（第4章脚注 Judaism 参照）の律法学者。イエス（第1章 Jesus Christ 参照）よりも年長で、同時代の人物。生没年不詳。40歳頃エルサレムに遊学し、パリサイ人（古代ユダヤ教の一派）の指導者となった。進歩論理主義の立場に立ち、また、律法全体の精神を「自分にとっていやなことを隣人にするな」という、キリスト教（第1章脚注 Christianity 参照）の黄金律（第18章「他人を尊重しよう」参照）を逆に表現したような形で要約し、異教徒や改宗者に対しても開かれた態度で接した。律法解釈の主流を占めたヒレル派の創始者である。
〈出典：㈱平凡社『世界大百科事典』（第二版）、ブリタニカ・ジャパン㈱『ブリタニカ国際大百科事典 小項目事典』(2014)、『プログレッシブ和英中辞典』（第三版）〉

2

訳者からの言葉

A －「アカハイ」：優しさを表現する親切心
L －「ローカヒ」：調和を大事にする結束感
O －「オル オル」：心遣いが表れる快活さ
H －「ハア ハア」：慎みを重んじる謙虚さ
A －「アホヌイ」：忍耐を尊ぶ粘り強さ

——『オリ・アロハ』[1]
ピラヒ・パキ[2]

この本を読んでくださる方々へ

Aloha.

　この "WisingUp" という書物の翻訳を著者より依頼されてから、数年
が経ちました。今回、翻訳書籍の出版で知られる鳥影社のお力をお借りし
て、この本が皆さんの目に触れる機会を頂戴したことを、大変喜ばしく思
います。

　この著書を初めて頂いて読み始めた時一番に感じたことは、私自身が十
代の頃、悩みを抱えていた時に、このような本に巡り逢えていたら、どん
なに良かっただろうということでした。自分が分からず、世間を知らず、
知識や経験の浅い時期に、考え、迷い、傷つき、打ちひしがれた時、人生
の指針になるような知恵が、この本にはちりばめられているからです。ま
た、そのような若い人たちを支え見守るご家族や先生方にも、胸を張って
お薦めできる内容です。現在皆さんが、どのような悩みを抱えておられる
か分かりませんが、80 章の中から、ご自分が一番興味のある一章を目次
から選んで読み始められるのも、一つのやり方ではないかと思います。

なお、皆さんが日頃目にしない言葉や人名があるかもしれないと思い、私の気付く範囲で、できるだけ解りやすく注釈を付けさせていただきました。時間が許せば、欄外の脚注もご活用くだされば幸いです。

　今、私たちを取り囲んでいる世界は、情報が溢れ、目まぐるしく価値観が変わり、何を道標にして良いのか、判らなくなる時代と言えるでしょう。しかし著者が著していることは、時代や世代を越えて普遍的に横たわる知恵は、これに手を伸ばし実践する気持ちがある人には誰にでも利用できるということです。それは取りも直さず、著者自身が、今皆さんが直面しておられるような壁を幾つも乗り越えて現在に至っているからこそ、気付いたこととも言えるでしょう。悩みのない人間などいません。あなたは一人ではありません。この本の中に、何か一つでも、あなたの人生をきりひらくきっかけになる知恵が見つかれば、訳者としてこれ以上の喜びはありません。そしてそこからまた、より広く深いご自身の探究や実践を続けていただければと願います。

　最後に、このすばらしい本に出会う機会と、その邦訳の大役を与えてくださったレナルド・フェルドマン博士、並びに、ジャン・ルミ氏に、心から感謝いたします。ありがとうございました。

2018 年 初夏　ホノルルにて

浅井 真砂

1『Oli Aloha』:『オリ・アロハ』(『アロハ・チャント』とも) は、1952 年にハワイ古典学者ピラヒ・パキ (脚注 2 Pilahi Paki 参照) が、"ALOHA" を頭文字に使い、Akahai, Lōkahi, ‘Olu‘olu, Ha‘aha‘a, Ahonui として、フラと詠唱の達人であったラニ・カラマに書いた五行の詩で、彼女が旋律を付け、当初は『Tropical Prayer（熱帯の祈り）』というタイトルだった。その後 59 年に、ハワイがアメリカの 50 番目の州となる際には、ハワイ州憲法の中に、その精神的支柱 "Aloha Spirit" として組み入れられた。(第 70 章「アロハ──愛と分かち合う心

訳者からの言葉

を持って生きよう」、並びに、「訳者あとがき」第八段落目も合わせて参照。)

2 Pilahi Paki：ピラヒ・パキ（1910 年–1985 年）は、ハワイの人々に愛された詩人、哲学者、言語学者、教育者、霊的指導者であり、また、作詞家、作家でもある。ハワイ統一を果たしたカメハメハ大王のひ孫に当たる、Bernice Pauahi Bishop 王女の父、Abner Paki の姪でもあり、著書に『Legends of Hawaii: Oahu's Yesterday』がある。

〈出典：Kamehameha Schools ウェブサイト、The Hawai'i Conference of Religions for Peace （HCRP）『Peace Booklet』（2014）、Maui Canoe Club ウェブサイト〉

今、行き詰まっている君へ
―人生をきりひらく 80 の知恵―

目　次

WisingUp

―A Youth Guide to Good Living―

まえがき──著者から読者の皆さんへの手紙　　1
訳者からの言葉　　3

いい生き方をするための法則：

1. やってみよう！　── Go for It!　　12
2. ちょっと、待って！　── Wait a Minute!　　16
3. 「中道」を行こう　── Take the Middle Way　　18
4. シンプルにしよう　── Keep It Simple　　22
5. 最後まであきらめない　── Stay the Course　　26
6. 気楽に行こう　── Take It Easy　　30
7. また後からやってみよう　── Try Again Later　　32
8. 自分にあったものを選ぼう　── Take What Fits　　34
9. 気にしなくていい批判もある
　　　　　　　　── It's Not Always About You　　36
10. 「絶対できない」と絶対言わないで
　　　　　　　　── Never Say Never　　38
11. 少しずつ　── Little by Little　　42
12. 細かい点に配慮しよう　── Attend to the Details　　44
13. 全体像を把握しよう　── Get the Big Picture　　46
14. 用心して！　── Watch Out!　　48
15. 共通性を祝い楽しもう　── Celebrate Commonalities　　50
16. 相違点を祝い楽しもう　── Celebrate Difference　　52
17. 自分を大切にしよう　── Respect Yourself　　54
18. 他人を尊重しよう　── Respect Others　　58
19. 一個の力　── The Power of One　　62
20. 数の力　── The Power of Many　　66
21. 心配はやめよう　── Don't Worry　　68
22. 幸せを感じよう　── Be Happy　　70
23. 今を生きよう　── Seize the Day　　74
24. 計画しよう　── Plan　　78
25. 本を読もう　── Read　　82

26. 旅をしよう ― Travel　　88

27. 自分の直感を信じよう ― Trust Your Instincts　　90

28. 生きよう ― Live　　92

29. 信仰心を持とう ― Have Faith　　94

30. 疑うことを忘れないで ― Remember to Doubt　　98

31. 今やらないと、ダメになる ― Move It or Lose It　　100

32. 急がず時間をかけてみよう ― Take Your Time　　102

33. とにかく「ありがとう」と言おう
　　　　　　　　　　　　　　 ― Just Say "Thank You"　　104

34. 人の言うことに耳を傾けよう ― Listen　　108

35. 自分の意見を言おう ― Speak Up　　110

36. 心を落ち着けよう ― Stay Calm　　112

37. 規則を守ろう ― Follow the Rules　　116

38. 新しい考え方をしよう ― Go Outside the Box　　118

39. 自己を知ろう ― Know Yourself　　122

40. 自分を愛そう ― Love Yourself　　124

41. 夢を追いかけよう ― Follow Your Dream　　126

42. 実践しよう ― Be Practical　　130

43. 自分らしいことをしよう ― Do Your Own Thing　　132

44. チームプレーを大切に ― Be a Team Player　　136

45. 自分が見たことを信じよう ― Trust What You See　　140

46. 見かけで判断しないように
　　　　　　　　　　　　 ― Don't Believe Appearances　　144

47. 心の重荷を下ろそう ― Get It Off Your Chest　　146

48. 泣き言を言わない ― Don't Whine　　150

49. 流れに従おう ― Go with the Flow　　152

50. 平安な心を持とう ― Be Peace　　156

51. 学び続けよう ― Keep Learning　　160

52. いい選択をしよう ― Choose　　164

53. 働こう ― Work　　168

54. 遊ぼう ― Play　　172

55. 許そう ― Forgive　　174

56. とにかく「ごめんなさい」と謝ろう

　　　　　　　　　　— Just Say "I'm Sorry"　　178

57. ギブ・アンド・テイク　— Give and Take　　182

58. とにかく「イエス」と言おう　— Just Say Yes　　184

59. とにかく「ノー」と言おう　— Just Say No　　188

60. 順番を待とう　— Take Your Turn　　190

61. 散歩しよう　— Take a Walk　　192

62. 昼寝しよう　— Take a Nap　　194

63. 最良の結果を望もう　— Hope for the Best　　198

64. 最悪の事態に備えよう　— Prepare for the Worst　　200

65. とにかくやろう　— Do It Anyway　　204

66. 人の好みにけちをつけない

　　　　　　　　　　— Don't Argue About Taste　　206

67. 人に命令するのはやめよう

　　　　　　　　　　— Don't Boss Others Around　　208

68. 友は賢明に選ぼう　— Choose Friends Wisely　　212

69. 自己管理をしよう　— Work on Yourself　　216

70. 「アロハ」—愛と分かち合う心を持って生きよう

　　　　　　　　　　— Live Aloha　　220

71. 立ち上がって前進しよう　— Move On　　222

72. 自分の内側に入ってみよう　— Go Within　　226

73. 欲望を鎮めよう　— Curb Your Desires　　230

74. 手に職をつけよう　— Learn a Trade　　232

75. 正直な人になろう　— Be Honest　　234

76. 忠実な人になろう　— Be Loyal　　238

77. 責任を取ろう　— Take Responsibility　　242

78. 善行を積もう　— Do Good　　244

79. 笑おう　— Laugh　　248

80. 踊ろう　— Dance　　252

　　結びの言葉　　256
　　訳者あとがき　　260

今、行き詰まっている君へ

〜人生をきりひらく 80 の知恵〜

WisingUp
—A Youth Guide to Good Living—

1. やってみよう！
—Go for It!

> 初めに神は、天と地を創り給うた。
> ——旧約聖書『創世記』第 1 章 第 1 節

　古代ヘブライ語で書かれた旧約聖書は、上記のような「神の御業」の紹介で始まります。保険会社がよく引き合いに出す（私たちを怖がらせる事故、病気、死といった）「神の御業」とはちょっと異なりますが。（なぜ、これらを、「悪魔の仕業」と言わないのでしょうか……？）ともあれ、一番最初にバイブルが伝えたことは、「行動」でした。神は、何かを行うことで、すべてを始められたのです。あなたにもきっとそうできるに違いありません。

　そこにただ佇んでいないで、何かやり始めましょう。それが何であれ、ひとまずやってみましょう。『ハムレット』が悲劇なのは、このヒーローがぐずぐず行動を先延ばしし過ぎたためにあります。今、やりましょう。始めてみましょう。

　「もし、間違ったことをしたらどうしよう。失敗するかも……」。まぁそういうことになったらなったで、そこからまた学べば良いのです。人類の進歩は、我々の失敗の連続から学び取ってきたものです。どうして間違わないで、正しいやり方が分かるようになるでしょうか。

　神さまだって最初はうまく行かなかったようです。エデンの園と蛇のお話を思い出してみてください。またキリスト教において、なぜ、イエス・キリストの誕生と死はもちろん、その再臨が不可欠なのかという理由。それは、神もまずは行動を起こし、その後の変化に応じて、また新しい行動

WisingUp 1

を起こしてゆかれるということではないでしょうか。あなただってきっとそうできます。

「老いゆけよ、我と共に！　最良の時はこれからだ」とは、ロバート・ブラウニング⁹が詠んだ、『我が師　ベン・エズラ¹⁰』というタイトルの詩の始まりです。

行動を起こしましょう。知恵のある人生は、その人生で積み重ねた行為そのものです。すべてはあなた次第。"Just do it!"とにかくやってみましょう。

いい生き方をするための法則１
何かやってみることは、人生をきりひらく知恵。

選択課題

１．今までに自分が取った最も愚かな行動について、その経験から何を学んだかを文章にしよう。

２．今この時、君が実行すべきことは一体何だと思う？　どうして君はそれをやろうとしないのだろう。それを始めるには、いったい何が必要なのかな？

３．これまでの人生で、何が自分の最善の行動だった？　そして、なぜ君はそれを選ぶのだろう。その行動のきっかけは、どこから与えられた？　それをやり遂げる勇気は、どこから来たの？　また、それを行った結果、君や周囲の人がどんな恩恵を受けただろうか。

---

1 旧約聖書は、もとユダヤ教（第4章脚注 Judaism 参照）の聖典で、キリスト教（脚注6 Christianity 参照）徒によって採用されたもの。全39巻。古代イスラエル史、モーセ（モーゼとも）の律法、『詩篇』（第72章脚注参照）、預言者の書などを含む。また、イスラム教（第4章脚注 Islam 参照）においてもその一部（モーセ五書、『詩篇』）が啓典とされている。（第23章脚注 新約聖書も合わせて参照。）

2 『創世記』は、いわゆるモーセ五書、あるいは、ユダヤ教（第4章脚注 Judaism 参照）の聖典トーラー（The Torah）と呼ばれる旧約聖書（脚注1）の最初の五つの書で、一番初めの書をいう。内容は大きく分けると「天地創造と原初の人類」、「イスラエルの太祖たち」、「ヨセフ物語」の三つに分けることができる。現在は写本のみが残っている。

3 Hebrew：ヘブライ語は、アフロ・アジア語族のセム語派に分類される言語。古代にパレスチナに住んでいたヘブライ人（ユダヤ人）が母語として用いていた古典ヘブライ語（または、聖書ヘブライ語）と、現在イスラエル国で話される現代ヘブライ語がある。

4 『Hamlet』：『ハムレット』は、シェイクスピア（第17章脚注 William Shakespeare 参照）の四大悲劇の一つ。デンマークの王子ハムレットが、父王を毒殺した叔父と不倫な母への復讐を父の亡霊に誓うが、思索的な性格のために悩み、恋人オフェリアを棄て苦悩の末に復讐を遂げて死ぬという筋。1601年頃成る。

5 エデンの園と蛇のお話は、旧約聖書『創世記』（脚注2）に最初の人間として記されるアダムとイブが、エデンの園（これに登場する理想郷の名、楽園、パラダイス）で、神が食べることを禁じた、善悪の知識の木の実を蛇に唆されてイブが食べ、この楽園から追放される話。

6 Christianity：キリスト教（基督教）は、ナザレのイエス（脚注7 Jesus Christ 参照）を救世主イエス・キリスト（メシア）と信じ、旧約聖書（脚注1）に加えて、新約聖書（第23章脚注参照）に記されたイエスや使徒たちの言行を信じ従う伝統的な宗教である。世界における信者数は二十億人を超えており、すべての宗教の中で最も多い。

7 Jesus Christ：イエス・キリスト（紀元前7年から2年頃–紀元26年から36年頃）は、紀元1世紀初頭にパレスチナで活動し、宗教的教えを説いた人物である。ベツレヘムで生まれ、ガリラヤのナザレで育つ。紀元28年頃洗礼者ヨハネから受洗。間もなく独立してガリラヤの村々を巡り歩き、神の国がこの世に既に実現されつつあると説いた。差別されていた社会的弱者と交わり、制度化されたユダヤ教（第4章脚注 Judaism 参照）を厳しく批判。30年頃エルサレムで十字架の刑に処せられた。死後、復活したイエスと出会ったと信じる弟子たちはイエスを救世主（キリスト）と見なし、キリスト教（脚注6）会が成立した。なお、聖書（旧約聖書は脚注1、新約聖書は第23章脚注参照）にはイエスの誕生日の明確な記述はないが、伝統的に誕生日とされている12月25日の降誕祭は、多くの教派で行われる祭りである。

8 キリストの再臨は、キリスト教（脚注6）で、昇天したイエス（脚注7）が、裁きと救いの成就のため、再びこの世に現れるという信仰。

WisingUp 1

9 Robert Browning：ロバート・ブラウニング（1812年5月7日–1889年12月12日）は、イギリスの詩人、劇作家で、とりわけ独演劇の戯詩節では卓越し、ヴィクトリア風文学では、最も有名な詩人の一人である。

10 『Rabbi Ben Ezra』:『ラビ（ラバイ）・ベン・エズラ』は、ロバート・ブラウニング（脚注9）が、12世紀の偉大な詩人、数学者であった Abraham ibn Ezra（1092年頃–1167年頃）について書いた詩。

〈出典：岩波書店『広辞苑』（第四版）、ウィキペディア（Wikipedia-English を含む）、研究社『新英和大辞典』（第四版）、三省堂『大辞林』（第二、三版）、小学館『デジタル大辞泉』（2017）〉

2. ちょっと、待って！
―Wait a Minute!

> 何でもやればいいというものではない。ちょっと立ち止まって。
>
> ――アメリカの格言

「転ばぬ先の杖」は、最も有名なイギリスのことわざの一つです。なぜ？ それは、人が色々と愚かなことをしでかすからです。結果がどうなるかを考えずに、飛びつくからです。例を挙げれば、洪水地帯に家を買ってしまったり、安全とは言えない性行為に興じたり、十分な調査もしないでビジネスを買い取ったりするような行いです。このため、結果として痛い目に遭うことになります。

「分かってる、分かってるよ。でもためらってると、チャンスを失くしちゃう」って、あなたは言うんでしょう？　でもここで、一年とか一世紀待った方がいいと言っているのではありません。ちょっとでいいですから、急がずゆっくりリラックスしてみてください。落ち着いてもう一度考え直してみましょう。一晩寝て明日また考えてみてください。昨日の思いつきが本物なら、明日になっても変わるはずはないでしょう。でも、もし大した考えでなかったと思い直したら、待ってみたことが功を奏し、気付いて良かったと思うでしょう。「今日の一針、明日の十針（時を得た一針は、九針の手数を省く）」という金言もあります。

どうぞ疑って見ることを忘れないで。人が言うことを鵜呑みにしてしまう少女たちは、本人たちは妊娠なんてしないと思っていても、結果的に子供ができてしまうのが実情です。慎重過ぎて、一生謹慎生活、なんていうことにならない程度のほどほどの注意深さは不可欠です。

WisingUp 2

　まずはきちんと学習してから、指導教官との体験飛行に同乗し、シミュレーター（模擬訓練装置）で練習を積んだ後、いよいよ単独飛行しましょう。すべての物事は、時が来ればやがてなるようになります。一歩一歩、着実に。一日一日を大切に。

　ゼリーは、ゼリー状に固まってから食べましょう。タイミングがすべてです。ですから、立ち止まって、見渡して、そして耳を傾けてみてください。よーく調べてみましょう。「急いては事をし損じる」。走るより歩いた方が、早く着いたなんてこともよくあります。要するに、何でもただやればいいというのではなく、時には立ち止まって考えましょう、ということです。

いい生き方をするための法則２
ちょっと待ってみることは、人生をきりひらく知恵。

選択課題

１．過度にせっかちな決断をしないために、自分自身に提案することを三つ考えて、それを日記に書いてみよう。

２．今現在、君は何か難しい決断や行動を迫られているかな？　結論を出す前に、君が考慮する点やしなければならないことは、どんな種類のことだろう。そしてそれはどうして大切なのだろうか。

３．君の知っている人の中で、自身の夢を叶えて成功を収めた人と話をしてみよう。そして、自分の構想を確実に実現させるのに、その人が何を行うのか尋ねよう。

3.「中道」を行こう
—Take the Middle Way

> おお、修行僧たちよ！　偏った生き方を避け、中道を選べ！
> ——釈迦の言葉

　何でもやり過ぎはいけません。ほどほどに行きましょう。ほどほどにやろうという努力もまた"ほどほど"に。とは言っても、時には羽を伸ばしてみたり、たまには庵にこもるお坊さんのように、ただじっとしていたくなることだってあるでしょう。しかし、そういう時以外は、中道を心がけましょう。ステーキは中ぐらいの焼き方のミディアム。菜食主義はいいけれど、たんぱく質を何かで補給することを忘れないで。食事はある程度食べたら、それ以上ガツガツ食べ過ぎないように。

　人生は、何事もバランスを取ることが肝要。仕事や勉強、そして、遊びや楽しみ。真面目になったり、ふざけてみたり。人のことを気遣いつつ、自分自身のことも忘れない。外での活動をこなしながら、心の生き方も大切にする、などです。

　お釈迦さまは、弟子の僧や尼たちに、禁欲主義と快楽主義のちょうど真ん中を生きる「中道」を心がけるよう奨めました。極端な生き方は避けるべきでしょう。また、ギリシャの哲学者、アリストテレスは、あり過ぎることとなさ過ぎることの、いつも中間を選ぶことが美徳である、と述べています。強すぎる勇気は無謀であり、弱すぎる度胸は臆病と言います。

　「むかしむかし、ミダスと呼ばれる王様がおりました。彼は、何よりも"黄金"が大好きで、自分の触るものすべてが黄金に変わればいいのにと願いました。不幸なことに、彼の夢は叶ってしまいました。それ以来、彼が

触れるものは、何でもとたんに黄金に変わってしまうため、彼は果物を食べることも、妻にくちづけすることも叶わなくなりました」。これが、王様の強い執着の結果です。

　賢人の言葉に耳を傾けましょう。そしてすべてに節度ある態度で臨みましょう。またその心がけも、ほどほどにしましょう。

> いい生き方をするための法則3
> 「中道」を行くことは、人生をきりひらく知恵。

選択課題

１．過去に何か過激な行動を取った君自身の体験について、書き表してみよう。もう一度やってみたい？　それともやりたくない？　それはどうして？

２．君の親しい人たちで、節度のお手本になる人は誰かな。その人について、簡単な文章を書こう。

３．君が調和の取れた節度ある生き方をする助けになるような、自分自身の「十戒」を作ってみよう。

1　中道は、極端に走らず、穏当なこと。偏らない中正な道。仏教（第18章脚注参照）では、快楽主義と苦行主義と、有と無とのような対立を共に否定し、生と滅、去と来とのような相対的観念を打破しながら修行する原理。

2　釈迦は、釈迦牟尼の略称で、紀元前5世紀頃にインド（現ネパール）に生まれた仏教（第18章脚注参照）の開祖。世界四聖の一人（他三名のうち、キリストは第1章 Jesus Christ、ソクラテスは第17章 Socrates、孔子は第44章の各脚注をそれぞれ参照）。姓はゴータマ、名はシッダルタ。29歳で出家、苦学苦行の末、35歳で悟りを得た。のち鹿野園（鹿野苑とも）で五人の修行者を教化し、これが仏教教団の始まりとなり、以後80歳で入滅するまで教化の旅を続けた。教説は四諦、八正道、十二縁起などでまとめられる。生没年は、紀元前463年頃から383年頃、他、諸説ある。釈尊、釈迦如来ともいう。

19

3　Aristotle：アリストテレス（紀元前 384 年–前 322 年 3 月 7 日）は、古代ギリシャの哲学者である。中世スコラ学に影響を与えた。プラトンの弟子であり、ソクラテス（第 17 章脚注 Socrates 参照）、プラトンと共に、しばしば西洋最大の哲学者の一人と見なされる他、その多岐に亘る自然研究の業績から、「万学の祖」とも呼ばれる。

4　King Midas：ミダス（マイダス）王は、触ったものすべてを黄金に変える能力（"Midas Touch"）のため広く知られているギリシャ神話に登場する人物。

5　十戒は、神がモーセ（モーゼとも）に与えたという、旧約聖書（第 1 章脚注参照）に出てくる十か条の訓戒。ヤハウェ（第 4 章脚注 Judaism の欄参照）以外のものを神としないこと、ヤハウェ神の名をみだりに挙げないこと、父母を敬うこと、安息日を聖別することの他、殺人、姦淫、盗み、偽証、貪欲、偶像を作ることなどを禁じている。十誡。

〈出典：岩波書店『広辞苑』、ウィキペディア、三省堂『新明解国語辞典』（第三版）『大辞林』〉

WisingUp 3

4. シンプルにしよう
―Keep It Simple

単純な解決法が閃いたならば、それは神からの回答である。
――アルベルト・アインシュタイン[1]

　一番難しいことは、物事を単純化するということです。簡素なライン、黒基調のその簡潔さ、優雅さ……。とは言いながら、私たちはつい飾り立てたり、微妙な色合いとかにこだわって、何事も複雑にしがちです。いったいなぜこんなことをするのかって？　うーん、もしかしたらその答えは、何かエデンの園の誘惑[2]と関連していることかもしれませんね。

　「おう、イスラエルよ、聞き給え。主は神なり、主は一つなり」。これは、ユダヤ教[3]での基本の祈りの言葉です。イスラム教[4]もこれに似ていて、「ここに神以外の神はなし」と唱えます。これに対して、キリスト教の聖典になると、「神に敵対する魔王は"無数"にいる」ことを仄めかすように書かれてあります。

　私たちは、自分だけのエデンの園、すなわち母親の体内から押し出された途端、この複雑化した世界に直面することとなります。初めは何でもやってもらっていたのが、そのうちすぐ、すべて自分でしなくてはならなくなります。自分で食べたり、靴を履いたり、服を着たり、仕事を覚えたり、自活し始めたりというふうにです。子宮で提供されていたサービスは、多くの私たちにとって、失われた楽園の記憶として残ります。ところがその外では、他人も自分と等しく欲求を抱えています。他人の欲求と自分たちの利害が衝突する場合も大いにあります。例えば、自分たちが遊んでいたおもちゃを、今にも他の誰かが欲しそうに近づく時です。「オー、怖っ！　Help!」

22

単純な状態から一度複雑化したものを、また高度に単純化すること。この状態は、黙っていては手に入りません。これから私たちが意識して作り上げるものです。勘を鈍らせるのではなく、乱暴に削減するのでもなく、専ら「簡素化」するのです。

平易に、また質素に。自然で無理のない簡略化。整理縮小。少欲知足（欲を少なくして足るを知ること――第73章 冒頭の言葉も合わせて参照）。

今私たちは生きています。けれどいつかは死ぬのです。「誕生日おめでとう！」「明けましておめでとう！」なんて言っているうちに、短い生涯は終わってしまいます。では、何が人生において本当に価値あることなのでしょうか。

今この瞬間、考えてみてください。それを感じてみてください。もちろんストレスを感じない程度に。そう、何事もシンプルに行きましょう！

> **いい生き方をするための法則 4**
> **シンプルにすることは、人生をきりひらく知恵。**

選択課題
1. 自分の生活の中で色々と絡み合って、一番混乱している部分はどこだろう。
2. 生活を簡素化するために、今すぐできる三つのことは何かな？
3. シンプルに生きるための最善の方法は何かを、日記に書いてみよう。

---

1 Albert Einstein：アルベルト・アインシュタイン（1879年3月14日–1955年4月18日）は、ドイツ出身の理論物理学者。数多くの業績の他、特異な風貌とユーモア溢れる言動によって、専門分野を超え世界中に広くその存在が認知されており、しばしば天才の例として引き合いに出される。20世紀における物理学史上の二大革命として

"量子力学"、及び、"相対性理論"が挙げられるが、相対性理論の基礎をほぼ独力で築き上げたその業績から、20世紀最大の理論物理学者と評価されている。1921年にノーベル物理学賞を受賞。

2 第1章脚注 エデンの園の欄を参照。

3 Judaism：ユダヤ教は、啓示（神が人に人間の力では知り得ないようなことを諭し示した）宗教の一つで、古代の中近東で始まり、キリスト教（第1章脚注 Christianity 参照）、イスラム教（脚注4 Islam 参照）よりも長い歴史を持ち、両宗教の起源にもなった。唯一神ヤハウェ（ヤハズース、ヤハドゥートとも）を神とし、選民思想やメシア信仰などを特色とする。ただしメシア思想は、今日では中心的なものとなっていない。

4 Islam：イスラム教（回教）、またはイスラームとは、唯一絶対の神（アラビア語でアッラー）を信じ、神が最後の預言者たるムハンマド（第78章脚注 Muhammad 参照）を通じて人々に下したとされるコーラン（脚注6 The Koran 参照）の教えを信じ従う宗教である。ユダヤ教（脚注3）、キリスト教（第1章脚注 Christianity 参照）同様、アブラハム（第19章脚注 Abraham 参照）の宗教の系譜に連なるとされる唯一神教で、偶像崇拝を徹底的に排除し、神への奉仕を重んじ、信徒同士の相互扶助関係や一体感を尊ぶ点に、大きな特色があるとされる。

5 キリスト教は、第1章脚注 Christianity を参照。

6 The Koran（Quran）：コーラン（クルアーンとも）は、114章から成るアラビア語で書かれたイスラム教（脚注4）の聖典。ムハンマド（第78章脚注 Muhammad 参照）が最初に啓示を受けた610年から、死に至る632年までの二十二年間、預言者として、また、共同体の政治的指導者として活躍する折々に、神から下されたとされる啓示を人々が記録し、のちに第3代カリフ（Caliph ——共同体、国家の指導者、最高権威者の称号）であるウスマーン（第78章脚注 Ali ibn Abi Talib の欄参照）の時に集録されたもの。天地創造や終末などの世界観、道徳や倫理などの規範から、相続や刑罰などの法的な規定まで含む。唯一絶対神であるアッラー（脚注4 Islam の欄参照）への帰依を説くが、旧約聖書（第1章脚注参照）、新約聖書（第23章脚注参照）と共通する部分は多い。もともと、声に出して読まれるものを意味し、アラビア語の韻律の美しさが人間業を超えるとされ、翻訳は奨励されないが、12世紀頃よりラテン語訳などが出現し、現在では日本語を含む近代語にも訳されている。

WisingUp 4

〈出典：岩波書店『広辞苑』、ウィキペディア、㈱朝日新聞掲載『キーワード』(2010)、㈱平凡社『世界大百科事典』、三省堂『新明解国語辞典』『大辞林』、ブリタニカ・ジャパン㈱『ブリタニカ国際大百科事典 小項目事典』〉

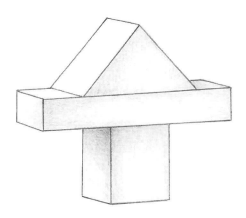

5. 最後まであきらめない
―Stay the Course

> 小さな斧も大木を切り倒すことができる。
>
> ――ジャマイカのことわざ

　辛抱強さなんて、最近では褒められることもなくなりました。耐え忍んだところで、ヒーローのきらびやかさもなければ、自制の持つ宗教的含みもありません。しかしながら、世界中の大部分の仕事は、あくまで根気強い粘り強さによって成就しているのです。作業が完了するまで退かない踏ん張りです。

　古代ギリシャには、「神々は、過酷な労働を手に入れるためなら、何でも売り渡す」という言い伝えがあります。また、中国の道教は、どのようにして、自然力（古代の四大元素：地、水、気、火）の中でも最もしなやかな要素である水が、やがては岩を穿つことができるかを指し示しています。時間をかけて同じことを繰り返し行うことに尽きるのでしょう。

　取り掛かった仕事というものは、半分は終わったも同然です。けれど、残り半分は、我慢強さにかかっています。マラソン走者は走っている時、壁にぶち当たると言います。足が、もう動きたくないと言い出す時のことです。しかしそれでも完走できるのは、何があっても最後まであきらめない気持ちがあるからです。

　ちっちゃい斧でも、でっかい大木をいつかは切り倒すことができます。技術も物を言いますが、頑張りが最後は事を成し遂げるのです。

　イスラム教徒は、一年にひと月の断食を行います。無論一日のうち、日

WisingUp 5

が昇っている時間だけ飲食しないのですが、それでも、ラマダン[3]の時期の断食は難しい挑戦です。重ねて言いますが、ここでも、辛いことを投げ出さないで続けることにより、多くの恩恵を得られることの大切さを教えています。

　長期的な結果を得るべく、難しく骨の折れる作業を続けることは、瞬間的満足感を求める今の時代の第一選択にはならないかもしれません。しかしこの 21 世紀に繁栄してゆこうとするとき、この古いやり方が、やはりなお、非常に重要な役割を果たし続けることでしょう。

いい生き方をするための法則 5
最後まであきらめないことは、人生をきりひらく知恵。

選択課題

1．今までに、何か困難なことを我慢強くやり通した君自身の経験について、文章にまとめよう。
2．何か大きな課題を成し遂げるに当たって、君にとって一番の障壁はいったい何かな？
3．仮に君がマラソンに挑戦するとしよう。では、どんなトレーニングが必須かを、友人や同僚と話し合うか、その予定表をざっと日記にでも書き出して計画しよう。

---

1 道教は、中国固有の宗教。儒、仏と並ぶ三教の一（儒教、仏教は、共に、第 18 章脚注参照）。不老長生を目指す神仙術と原始的な民間宗教が結合し、老荘思想と仏教を取り入れて形成されたもので、中国の民間習俗に強い影響力を持った。根本教典は、道蔵 5,485 巻。（第 32 章 第三段落目、及び、同章脚注 老子も合わせて参照。）
2 イスラム教は、第 4 章脚注 Islam を参照。

3 Ramadan：ラマダン（ラマダーンとも）は、イスラム歴の九月。イスラム教（脚注2）徒が断食を行う月で、これは「五行（信仰告白、礼拝、喜捨、断食、巡礼）」の一つ。約ひと月の間、教徒は神の恵みに感謝し、日の出から日没まで、食事を摂らず水も飲まないが、妊婦や病人らは免除の対象となり、異教徒には強制されない。なお、「定めの夜」と言われる、ムハンマド（第78章脚注 Muhammad 参照）に初めて神の啓示があった聖なる夜は、この月の後半に当たる。

〈出典：岩波書店『広辞苑』、㈱朝日新聞掲載『キーワード』、㈱平凡社『百科事典マイ
　　　ペディア』（2010）、研究社『新英和大辞典』、講談社『世界の祭り・イベントガ
　　　イド』（2011）、三省堂『新明解国語辞典』『大辞林』、小学館『日本大百科全集
　　　（ニッポニカ）』（1984–1994）〉

WisingUp 5

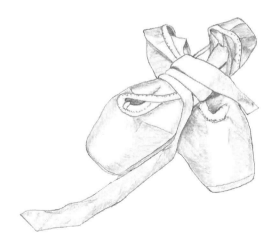

6. 気楽に行こう
―Take It Easy

気楽に行こう。

―― 12 ステップ[1]のスローガン

12 ステップ（脚注参照）のプログラムは、知恵ある教えに溢れています。多くのことが、このスローガンの中に要約されています。「まずは今日のこの一日から」とか、「今やらねばならないことをまずやろう」、「手放そう、そして神に委ねよう」（第 49 章 冒頭の言葉参照）などは、その中の三つの例です。ワンステップずつ前進するうち、12 になりました。

その中でも、「気楽に行こう ―― "Take It Easy"」は、数あるバンパー・ステッカー（車両後部外側に貼る、広告、スローガンなどを刷り込んであるシール）のオンパレードにおいても、おそらくトップでしょう。特にラッシュアワーの道路を走る時には、ピッタリの心がけの言葉と言えるでしょう。人生は短いけれど、家路は必ずしもそうではないからです。車道には、「こんなに混んでて、いったい、いつになったらたどり着くんだ！」という怒りの感情があちこちに潜んでいます。そういう時こそ、ストレスを感じないように。カッとしないで。気楽に行きましょう。

例えば、今あなたが、三つのことをいっぺんにやらなければならないのに、一つをやる時間しかないとしましょう。そんな忙しい時の親友の電話。彼女はバスに乗り遅れたようで、受話器の向こうで泣いています。「ジェーン、車で迎えに来てくれる？　今すぐ！　おねがーい！」さあ、車の鍵を持って、エンジンをかけて、落ち着いてアクセルを踏んで……。そう、気楽に行きましょう。

WisingUp 6

あなたが仕事を持ちながら、学校に通っている学生だとしましょう。ボスが経済的困窮からあなたを解雇せざるを得なくなりました。職探しは難しく、しかし毎月の請求書の支払いは待ってはくれません。でも、ここでくよくよしないで。腹も立てないで。気楽に行きましょう。

人生はいい時と悪い時の連続です。物事が起こってくる度に、それをそのまま受け入れることをまずは学びましょう。そして、各々の出来事にベストで臨みましょう。たとえ万策尽きたとしても、そこで業を煮やさず、また冷や汗もかかないで。そんな時こそ、どうぞこの魔法の言葉を忘れないように。——気楽に行きましょう。

いい生き方をするための法則6
気楽にやってゆくことは、人生をきりひらく知恵。

選択課題

1．最近君が冷静さを失った時の状況について、書き表してみよう。その怒りの結果はどうなった？　良かったことも悪かったことも書き出そう。

2．自分の怒りをコントロールするのに、何が一番効果があるかな？　君がその感情を抑えるために、実際に何をするのか、そのやり方がどんなふうに効くのか、文章にしよう。

3．君の周りで常に冷静な人は誰かな。どのようにしたら、心静かに物事を捉えて処置できるのか、その人に聞いてみよう。また、そのやり方を一週間ほど真似てみて、その結果を文章にまとめたり、友人や同僚と話し合ったりしてみよう。

---

1 The Twelve Steps：12ステップは、十二段階から成る、アルコール中毒更生治療プログラム。指針は、まず中毒者本人の中毒であることの認識に始まり、自身の道徳観の変容、中毒がもたらす他者への危害への気付きなど、中毒者の精神的成長を促進する目的でアメリカにおいて創られ、1939年に初めて出版された。

〈出典：Al-Anon Family Groups ウェブサイト、ウィキペディア、研究社『新英和中辞典』
　　（第四版）〉

7. また後からやってみよう
―Try Again Later

> 一度でうまく行かなければ、何度でもやれ。
>
> ――イギリスの格言

　マニャーナ（明日、いつかそのうち）という言葉は、スペイン語によると、週のうちで一番忙しい日という意味だそうです。時によっては、無理に今やらなくても、また次の機会にということもあるでしょう。

　時間を置いてみることは、何か物を失くしたような時に、魔法のような効き目があります。あなたがなくなったものを探し出そうとして、家中を引っくり返した時のことを思い出してみてください。もしそれがすごく大切なものであれば、ゴミ箱に飛びこんででも探し出そうとするでしょう。でも、どこにもなかった……。だんだんに憤りが込み上げてきて、あなたの一日はさんざんなものになってしまいます。

　ではここで、そんなに急がず、ちょっとリラックスしてみませんか。少し休んでまた後からやってみると、驚くことが起こりますよ。思いがけないところから、その探し物が出てくるかもしれません。例を挙げると、台所の布巾の下に隠れていたり、もう十回も探したはずの整理棚の手前にあったり、誤って他の書類といっしょにクリップで留めていたり……。時には、その隠れているはずの当の紛失物が、あなたをさんざん苦しめたあげく、机の真上に全く隠れることもなく存在していたりします。

　だけど心配はなくなりました。もう大丈夫です。探していたファイルは出てきました。切手を貼り付けておいたセロハン製の封筒も、いつも置いてあるところにちゃんとありました。急いでいるとなぜだか、その時、そ

れがあるべき場所にずっとあったにもかかわらず、うっかり見落としてしまいがちです。

　なお、別の例としては、あなたがジョーンズさんに電話をしたら、秘書が出て、「只今、会議中ですが……」と言われた時に、いやこのまま切らずに待たせてくれと言わず、また怒ったりもしないで、ただメッセージを残して電話を切るか、できればもう一度後からかけ直すといいでしょう。

> **いい生き方をするための法則 7**
> **また後からやってみることは、人生をきりひらく知恵。**

選択課題

1. 失くし物をしないようにするには、どうしたらいいだろう。自分自身にアドバイスを書いてみよう。
2. 「また後からやってみよう」を、君は自分の日頃の生活の中で応用したことがあるかな？　もしそうなら、結果がどうだったか自己評価しよう。
3. 君自身の経験から、何かを後回しにする時のプラス面マイナス面両方を指摘してみよう。

8. 自分にあったものを選ぼう
—Take What Fits

> *履き心地が良ければ、その靴を履きなさい。*
>
> —イギリスの格言

　― そして、それが自分にフィットしなければやめなさい。 ―
　この章は、この本の中でも非常に重要で最も困難なレッスンの一つです。

　かつて妻は、夫の服のサイズをノートに書き留めて、必ず身体に合うものを買うように努めていた時代がありました。

　当然それは、サイズだけに留まらず、色やスタイル、デザインなども含まれます。「君には黄色が似合うね」とか、「ブルーは、あなたの瞳の色にピッタリです」、「そのネクタイは君には、けばけばし過ぎる」といった具合です。

　物の「質」、それが見た感じか、中身のクオリティーかは別にして、これも大きな要素の一つです。「俺はボルボ（スウェーデンの乗用車）を買って十年はいつも乗るんだ」と言う人もいれば、「私はベンツ（ドイツの超高級車）の新車を三年ごとに買い換えるの」とか、「BMW（ビー・エム・ダブリュー。スポーティーさが特徴のドイツの高級車）は、今風過ぎて私には合わない」、「ホンダが僕には一番しっくりするんだ」などがその例です。

　最後にご紹介すると、地球環境に対する懸念の度合いも、人それぞれ違ってきます。「SUV は燃費が良くない」とか、「うちは一家に一台」、または、「私は車は使わない。自転車か公共の交通手段、もしくは、徒歩で行く」などなど、意見はバラエティーに富んでいます。

WisingUp 8

　自分のサイズを知りましょう。また、大きさだけでなく、他の様々な用途やイメージも含めてです。身に着けるものでも、大きかったり小さかったり色々ありますが、何号を選ぶかということにあまりこだわらず、実際に試着してみるといいでしょう。そうしながら、あなたにぴったりフィットして、自分らしいものを選びましょう。

　他の人に判断させたり、選ばせて買わないように。最後はあなた自身が決めるのです。

> **いい生き方をするための法則 8**
> **自分に最もふさわしいものを選ぶことは、人生をきりひらく知恵。**

選択課題

１．大きな買い物をする時、君がどんな過程を経てそれを購入するかを、文章にしてみよう。

２．これまで、人に説得されて自分に合わないものを買ったり、自分らしくない人生の決断をしたことがあったかな？　その経験を話題にしながら、クラスメートや友人と話し合おう。

３．君がこれまで自分の買い物をしたり、誰かにプレゼントを選んだ時の経験から学んだことは何だっただろう。過去に選ぶ基準にしていたことが、最近変わったということはないかな？　君が手に入れようか迷っているものが、本当に妥当な選択なのか、どんなふうにして評価しているだろう。

---

1 SUV（Sport Utility Vehicle）：スポーツ・ユーティリティ・ビークルは、スポーティーな多目的乗用車の総称。ワゴンスタイルの多用途ボディーに四輪駆動を持つものが典型的。悪路での走行性能が高く多くの荷物を積めて、市街地での走行や長距離ドライブにも向く。
〈出典：小学館『デジタル大辞泉』〉

9. 気にしなくていい批判もある
―It's Not Always About You

> 仕事の下手な農夫は、自分の牛に難癖をつける。
>
> ――韓国のことわざ

　心に留める必要のないことを、くよくよ気に病むことはありません。他人の言うことがすべて真実というわけではないのです。それは、あなたに対してというより、口にしている本人の自己批判であったりします。

　子供たちは、このことを本能的に良く心得ています。丸ぽちゃのジョニーが、フレディーのことを「脂肪太りのドブねずみ！」と叫ぶと、フレディーは、「それって、自分のこと言ってんのー？（お前に言われたかねぇよ！）」と、やり返すわけです。

　キリストは、この点を印象的に言い表しています。眼にとげの刺さっている人たちは、他人の眼の中のほこりでさえ非難しがちだというのです。また、台所という社会の中では、鍋がやかんのことを黒こげだと、自分のことを棚にあげて言うようなものです。

　もちろん、その指摘があなた自身のことである場合もあり得ます。本当に太り過ぎているのかもしれません。そういう場合は、何か医学的な助けを借りて、できるだけ体重を落としましょう。

　要するに、他人の指摘が適切で、耳を傾ける価値があるのかどうかを判断するためには、何より自分自身を知っていることが鍵になるのです。ジャマイカに、「耳に入ってくる話を、全部話題にしない方がいい」という言い伝えがあるように、自分のことを他人に言われた時に、それをすべ

WisingUp 9

て真に受けるべきではないでしょう。

　人からの批判に対しても、それを批評するようにしましょう。その結果、その指摘の中にあなたが価値を見出したとしたら、今後留意して、より良くなるよう努めましょう。心に留める価値のないものに関しては、放っておきましょう。

　どの指摘がどちらであるか、うまく判別することを学んで、各々に合った対処をすることが何より肝腎です。

> **いい生き方をするための法則 9**
> **気にしなくていい批判があることを知ることは、**
> **　　　　　　　　　　　　人生をきりひらく知恵。**

選択課題

1．自分に対する個人的批判に対して、君自身がどのように対応するか、書き表してみよう。君は、批判した人に対して言い返す？　もしかしたら、ひどく気に病んでしまう？　逆に、ほとんど相手にしない？　それとも、ふるいにかけて、いいところだけを取り出すことができるかな？　自分の反応の仕方を変えたいと思う？　それはなぜ？
2．君はよく人を批判する方だろうか。他人に対してそうしていると思う？　個人的に人を批判することがあるかな？　公的に？　もしくは、私的に？　その習慣を変えたいと思っている？　もしそうならば、それはどうして？

---

1 キリストは、第 1 章脚注 Jesus Christ を参照。

10. 「絶対できない」と絶対言わないで
―Never Say Never

> 不可能だと信じ込むこと、それこそが、物事を不可能にしている。
> ――フランスのことわざ

「信念は、山をも動かす」という言葉がありますが、同時にその強い信念が、事実を針小棒大に言い表すこともあります。ですから、何でも否定をしないで、少なくとも、可能性に関して寛容さを持ってはいかがでしょう。「絶対できない」と絶対言わないようにしてみてください。

フロイト[1]が主張した、人の行いが生物学的要因に由来するかどうかは別として、人間の生きる姿勢が、積極的、あるいは、消極的な行動を、結果として引き起こしているのは紛れもない事実でしょう。"弱気"は、遭遇するすべてのチャンスを溶かしてしまう"酸"であるのに対して、「"やる気"はできるということと同じ」(第58章 冒頭のことわざ参照) という言葉もまた、この対比を言い表した上記と同じフランスの格言です。

肯定的な思考にはパワーがあります。しかしその一方で、否定的な考え方も強い力を持っています。ヴァーノン・マクレラン[2]は、このことをうまく言い当てて、「成功は、可能であるという思いで実現し、失敗は、不可能という考えで現実化する」と書いています。つまり、選択は私たちに委ねられているのです。これまで「ノー」と言っていた習慣に「ノー」と言うために、「たぶんね」という代わりに、「イエス」と言ってみたらどうでしょう。

もちろん絶対不可能なことだってあります。例を挙げるなら、裸の人から服を脱がせるとか、既に地べたに寝ている人が倒れるとか、ナイフの

WisingUp 10

取っ手をそのナイフで彫ることなどはできません。神さまだって、二つの山を、間に谷を創らないで並べることなど不可能です。

しかしなお、現実に可能性の領域は、大きく、また急速に広がりつつあります。昨日の不可能が、今日の現実になってきているのです。「人類は、人を月には送れない」という言葉もありましたし、また、「スコッティー、転送してくれ」という台詞も有名です。（これは、アメリカの人気SFテレビドラマシリーズ『スター・トレック── Star Trek』──邦題『宇宙大作戦』。第80章 第二段落目も参照──で、間一髪、危機から逃れるため、宇宙船外から船内まで瞬時に身体を転送してもらう時に、スコット主任機関士に頼むフレーズでした。）ですから、どうぞこのような可能性を否定しないで……。

いい生き方をするための法則 10
「絶対できない」と絶対言わないことは、人生をきりひらく知恵。

選択課題

1. 無理だと思い込んでいたにもかかわらず、後になって君ができるようになったことがこれまでにあったかな？ そのことについて文章を書こう。
2. 君の周囲の人で、いつもポジティブな人物は誰だろう。その人の生活はどんな感じかな？
3. 自分の態度で、改めようと君が心がけていることがあるかい？ そのことについて友達と話し合ってみよう。

---

1 Sigmund Freud：ジークムント・フロイト（1856年5月6日–1939年9月23日）は、オーストリアの精神医学者、精神分析の創始者。自由連想法を主にした独自の神経症治療を創始し、無意識の過程と性的衝動を重視した精神分析学を確立。文学や芸術の領域にも、大きな影響を与えた。著書に、『夢判断』、『精神分析入門』など。

2 Vernon McLellan：ヴァーノン・マクレラン著『The Complete Book of Practical Proverbs and Wacky Wit』（Wheaton, Illinois: Tyndale House Publishers, Inc., 1996, ISBN-10: 0842378510, ISBN-13: 978-0842378512）の 70 ページ目を参照。

〈出典：Amazon ウェブサイト、三省堂『大辞林』、ブリタニカ・ジャパン㈱『ブリタニカ国際大百科事典 小項目事典』〉

WisingUp 10

41

11. 少しずつ
―Little by Little

一斤のパンも小麦の一粒から、一城も石の一個から。
　　　　　　　　　　　　　　　　　――ユーゴスラビアのことわざ

　私たちアメリカ人は、短距離走者です。長距離は走りません。オリンピックでも、時間の短い競技が得意です。また日常生活においても、今すぐやって、早く終わらせて、そして大きな成果を期待します。我慢強さはアメリカの美徳ではないのです。

　ところが、芳醇なワイン造りとか美しい建物の建築などの偉業は、成し遂げるのに時間がかかるものがほとんどです。急ぐと物事を台無しにしてしまいます。数学の問題を解く時も、ワンステップずつ進んでゆくのが最良のやり方です。できる生徒でも、ステップを省略してやろうとすると間違います。

　イソップ物語のうさぎとかめの競争で、誰が勝ったかを思い出してみませんか。ゆっくり堅実な努力を積む者に、勝利の女神が微笑むことを知りながら、私たちはこの古代の知恵から、危険を承知で目を逸らしています。

　12 ステップのプログラムは、メンバーの人たちに、「まずは今日一日」を前進するよう激励します。このスローガンは、皆さんが中毒から立ち直る過程で、実践に移る手助けをしてくれます。

　今投げられているボールを打ってください。以前に抛られた球ではなく、これから抛られる球でもなく、今、目の前にある仕事を、へこたれずに、その場所で粘り強くやり通してみてください。

42

WisingUp 11

　少しずつ努力し続けることで、本も書き上げられるし、家も建つし、借金も返せるし、山も登れるし、信託基金も開設できます。同様に、安定したビジネスや信頼関係なども、少しずつ積み上げてゆく中で、築くことのできるものです。この古来の秘伝は、今日もなお、通用するものと言えるでしょう。

いい生き方をするための法則11
少しずつ積み上げてゆくことは、人生をきりひらく知恵。

選択課題

１．少しずつ努力することで、君は今まで何かを達成したことがあるかな？　成果はどうだった？　クラスでそのことについて書いてみたり、自分の日記に書き込んだり、友達にその時の自分の感想を話してみよう。

２．今日までに培った友人関係の中で、一番長いものはどれだろう。その友情を、いつも新鮮で、またしっかり安定した関係にしてきたものはいったい何だと思う？

３．これまでに、何か急いで終わらせようとして、しくじった経験があるかな？　その状況を描写して、そこからどんなことを学んだか、また、もし将来似たような立場に置かれたら、今度はどんな対応をするか考えよう。

---

1 12 ステップは、第 6 章脚注 The Twelve Steps を参照。

12. 細かい点に配慮しよう
—Attend to the Details

> 何事も細部に落とし穴が隠れている。
>
> ——イギリスの格言

　人には、物事の全体像を見る人と、詳細に注意を払う人があります。いい生き方をするためには、その両方が必要です。

　いいアイデアは大切です。それなくしては、価値あることは何も成し遂げられません。けれど、アイデアだけでは十分ではありません。それは、もみほぐされ、鍛えられ、磨かれなければなりません。厳しく吟味され、熟考され、評価される必要があります。何事にも、細部に落とし穴が隠れているからです。

　ドイツには次のような格言があります。「親になるのはさほど困難ではない。親であり続ける時、それは難しくなってくる」。親としては、子供の成長に合わせて、親の役割も徐々に変えてゆかねばなりません。子供の言うことに耳を傾けましょう。我慢強く、そしてなお、快活さを忘れずに。このような心がけを、例えば、長い年月に亘って子供の教育期間中に行われる学校での会議、ボーイスカウト、ガールスカウトの集まり、ブラスバンドの演奏会、さらには、サッカーの試合など、様々な行事で、終始一貫して行うといいでしょう。

　単に子供を持つということと、現実に子供を持ちながら、心静かに親の務めを淡々と果たしてゆくことは、別のことです。子供に対する苛立ちは、虐待に繋がることもあります。落とし穴は悪魔のように、確かに細部に隠れているのです。

44

WisingUp 12

どんなプロジェクトであれ、その企画は、綿密に検討され、注意深く計画され、なお丁寧に実行されなければなりません。「ⅰ」は、上の点を忘れずに付け、「ｔ」は、横線を引いて十字にすることを忘れないように。(日本流に言えば、文字の点、ハネ、トメ、ハライは、きちんと書きましょう。)詳細を侮ると、足をすくわれることにもなりかねません。

神は、なるほどすばらしいアイデアの中におられるでしょうが、悪魔がいつも細部に忍んでいることをどうぞお忘れなく。

いい生き方をするための法則12
細かい点に気を配ることは、人生をきりひらく知恵。

選択課題

1．これまでに君が関わった一番大きなプロジェクトのことを思い出してみよう。それはどういうもので、どんな結果に終わったかな？　君がそれを行うに当たって配慮した細かい点について、友達に話してみよう。

2．また、君がそれと同じプロジェクトを再び行うとしたら、今度は違ったやり方をするかな？　そしてそれはどうして？

3．君の周りで、驚くほど詳細に長けた人は誰だろう。その人物のことを文章にしてみよう。細部に細心の注意を払うことで得られるプラスは？マイナスは？

13. 全体像を把握しよう
─Get the Big Picture

> 竹筒を通してでは、空は全部見えない。
>
> ──日本のことわざ

　もし悪魔が隠れて、細部に落とし穴を仕掛けているとするならば、神さまはというと、きっと全体像の中におられます。些細なことを気にして泥沼にはまり込まないで。「木を見て森を見ず」という言葉があるように、小事に捕らわれて大局を見失うことのないように。

　詳細は無論大切です。けれどそれにこだわり過ぎると、あなたはその一生を、例えば、まずい輩とつるんだり、自分には似合わない場所に住まうことになったり、間違った職に就いたり、全く見当違いをして、無為に過ごすことにもなりかねません。ここに、全体像の重要性が出てきます。

　正しいことをまずまずこなすことの方が、誤ったことをパーフェクトにやるよりは、ずっといいのです。ですからここはまず、全体像を把握しましょう。だって、少しの注意でも、何か意味のあることに払う方が、ただの空騒ぎに終わるよりずっとマシですからね。

　つまらないことに固執する上司は、部下の小さな失敗を正すことばかりに懸命で、全体としての仕事の仕上がりを評価することなど決してしません。見事な仕事の出来栄えを褒めることに時間を費やすなど、考えも及ばないのです。チームで働く者同士の結びつきを高めることの大切さなんか、忘れてしまっているのでしょう。

　わずかなミスのせいで、せっかくのいい仕事の完成度が殺がれることは

あり得ます。しかし仮に、詳細がすべて満たされたとしても、それは決して、仕事に対する熱意や共感なしに成し遂げられたことの埋め合わせにはならないのです。

リーダー、例えば社長は、正しい仕事をする人。マネージャー、例えば課長は、仕事を正しくやる人。マネージャーは詳細に焦点を合わせ、リーダーは全体像を見逃しません。詳細は確かに大事です。ですが、まず全体があってこその細部です。それを無視する時は、どうぞ危険を覚悟で。

いい生き方をするための法則 13 **全体像を把握することは、人生をきりひらく知恵。**

選択課題

1．君が計画過程から実施段階を通して、どうしたら手抜かりないように自分の企画の全体像を把握し続けられるか、書き表してみよう。

2．君は今までに、細かいことで身動きが取れなくなったことがあったかな？　その時の状況と、それをどう解決してきたかを、友人に話してみよう。

3．君の知っているすばらしいリーダーは、グループプロジェクトにおいて、スタッフが大掛かりな計画から逸脱しないようにどんなやり方で導くのか、皆に紹介しよう。

14. 用心して！
—Watch Out！

> 遠方まで足をのばす蟹は、罠にはまる。
>
> ——ハイチのことわざ

　世界のことわざは、用心することを呼びかけるものがほとんどです。人生は地雷原。だから足元をしっかり見て、注意して歩きましょう。

　私たちアメリカ国民は、容易に物事を信じる集団で、幾多の戦争を経験してきているヨーロッパ人に言わせれば、世間知らずだということになります。彼らの言うことは大方当たっているのでしょうが、9・11（2001年9月11日の「アメリカ同時多発テロ事件」と呼ばれている出来事）以来、状況は変わりました。

　9・11が起こる前まで、長い間私たちは、少しでも心配事があるような時は決まって、アフリカ系アメリカ人で野球殿堂入りした偉大なるリロイ・"サチェル"・ペイジの「後退するな、すぐ追いつかれるぞ」という言葉を、引用したものでした。が、最近では、休暇は家で過ごすより、飛行機でどこか出かけることが本当にいいのか、疑問を持つようになり、以前に比べて尻込みするようになりました。

　この章のアドバイスを、新しい世紀をより良く生きてゆくための秘訣の一つとしなければならないのは、大変残念なことですが、現実がこうなのですから、致し方ありません。人生はいつの時代も危険なものです。従って、私たち人間が、お互いが接する時の基本姿勢を身に着けるまでは、大胆な行動は愚かというものです。

48

WisingUp 14

　優しく、そして朗らかに、人をもてなしましょう。でも、知らない人とは、慎重に付き合うことを覚えておいてください。何か魂胆があるやもしれません。交際する人それぞれをどんな人か見極めながら、大事なことを任せるのは、前々から懇意にしている人だけに留めておきましょう。

　「慈愛は家庭から始まる（愛はまず肉親より）」との言い伝えは、殊に、このような時代の人間関係においては真実です。概ね、用心するに越したことはありません。

> いい生き方をするための法則 14
> 用心することは、人生をきりひらく知恵。

選択課題

1．これまでに、少しの油断が原因で、君が支払った代償について、文章にまとめてみよう。

2．今日の基準に照らし合わせても、少し用心深過ぎる人がいたら、その人の様子を日記に書き込もう。

3．仮に君が年若な人に、適度な用心が必要と助言するなら、どんなふうにアドバイスするだろう。

---

1 Leroy Robert "Satchel" Paige：リロイ・ロバート・"サチェル"・ペイジ（1906年7月7日–1982年6月8日）は、アメリカのプロ野球選手。投手で右投げ。長年に亘りニグロリーグで活躍したのち、1948年、黒人（アフリカ系アメリカ人）排除の不文律撤廃に伴い、大リーグ入りを果たした。191センチの長身から投げ下ろす速球に加え、多彩な変化球と投球フォームで打者を翻弄し、野球史上最も偉大な選手の一人に数えられる。約三十年間の現役生活で、通算2,500試合に登板し、2,000勝を上げたと伝えられる。71年、野球殿堂入りを果たす。

〈出典：The Biography.com ウェブサイト、ブリタニカ・ジャパン㈱『ブリタニカ国際大百科事典 小項目事典』〉

15. 共通性を祝い楽しもう
―Celebrate Commonalities

縁を結びしものは幸いなり。

―キリスト教の言葉

　あなたが外国にいるとしましょう。突然知らない誰かが、あなたの国の言葉を話し始めたり、広告塔に見慣れた商品の宣伝がのぼったり、地元のレストランのチェーン店を思わぬところで見つけた時の喜び。これを、「縁を結びしものは幸いなり」と言うのでしょうか。

　小学校の時の友達に、偶然ショッピングセンターで再会した時。まだ高校入学前、勉強のプレッシャーなどなかった「古き良き時代」、楽しいことばかりだった毎日を、彼女が思い起こさせてくれた瞬間。これを、「縁を結びしものは幸いなり」と呼ぶのでしょうか。

　久しぶりの親戚一同の集い。親類が皆、国中から駆けつけ、中には何十年も会っていない顔ぶれがあるにもかかわらず、今も変わらないその打ち解けた、遠慮気兼ねのない感覚。これを、「縁を結びしものは幸いなり」と言うでしょうか。

　全州吹奏楽コンサートに出かけた時のこと。あなたは五年生の頃からずっとクラリネットを吹いていて、そこでたまたま、あの当時少年であった、現在は若者に成長している旧友、いつも自分の隣で演奏していた、中学二年生の時に引っ越していったあの友達との思いがけない再会。昼食をいっしょに食べながら、幼い頃リハーサルの度に始終ふざけていた思い出が鮮やかに蘇る一瞬。これを、「縁を結びしものは幸いなり」と呼ぶのでしょうか。

WisingUp 15

　共通性というのは、人の気持ちを和らげ、元気を与える食べ物です。同じ土地の出身であるとか、同じ世代生まれだとか、同じ家で育ったという事実は、私たちに特別の親しみや故郷に帰り着いたような安堵感を与えるでしょう。共に分かち合った経験などもまた、この感情を呼び起こすものです。人生はいつも混乱と移り変わりの連続。ですから、「縁を結びしものは幸いなり」、共通性に感謝し楽しみましょう。

いい生き方をするための法則 15
共通性を祝い楽しむことは、人生をきりひらく知恵。

選択課題

1．過去に、何か思いがけないことが、自分の生まれ育った家や国のことを思い出させてくれたお陰で、突然、孤独な瞬間から救われた経験がもしあったら、文章にしてみよう。

2．君に一番大きな慰めを与えてくれる共通の絆とはどんなものだろう。君の考えをエッセイにまとめたり、その想いを、級友や友人と分かち合ったりしてみよう。

3．日頃の生活の中で、君を支えてくれている人に感謝の手紙を書いて、できたら送付しよう。

---

1 キリスト教は、第 1 章脚注 Christianity を参照。

16. 相違点を祝い楽しもう
―Celebrate Difference

> ちがいに万歳！
>
> ――フランスの格言

　多様性は人生の香辛料。例えば、毎日同じものを食べる、同じ服を着る、同じことをすると想像しただけでも、どんなに退屈なものか分かりますね。ピリッとした料理を提供してくれるタイ・レストラン、長い仕事の後のバケーション、運動と昼寝、人生での新しい出会い、これらすべてに、万歳を三唱しましょう。

　私の知っているオーストリア人の夫婦は、毎年大晦日になると、来る新しい年に、興味をそそるような人たちに出会わせてくれる宇宙に対して感謝します。新しい人々との出会い、新しい経験、新しい可能性……。変化することを、怖く感じることは常ですが、変化に富むことは、むしろ好ましいことです。

　人間には、大きく分けて二種類あります。
　一つ目は、違いを悪いことだと信じて疑わない人々の集まりです。知らない人を信じるな。風変わりな服を着ている人、言葉に訛りのある人は、避けた方がいい。なぜかって？　だって何を考えているか分からないでしょ、といった具合に、違いは悪、それは危険でさえあると信じている人たちです。

　もう一つは、違いは良いことだと考えるグループ。もしみんなが同じことを考え、同じものを好むのであれば、そこには何も学ぶことがありません。「三人寄れば文殊の知恵」と言われるにはそれなりの理由があります。

WisingUp 16

三人の考えを集めて、お互いの直感や洞察を分かち合うことで、一人っきりで考えるより、数倍もいいアイデアを思いつくことだってあるのです。

無論違いがすべていいというわけではありません。地球は平らか丸いか、などということは、両方が正しいということは有り得ないからです。一般的には、しかし、違いがあるということは価値のあることです。私たちの世界がどんどん多様化して、地球が小さく思えることは、喜ばしいことではありませんか。

> **いい生き方をするための法則 16**
> **相違点を祝い楽しむことは、人生をきりひらく知恵。**

選択課題

１．君が過去に、それまでにはなかった物事ややり方に出会って、全く新しい考え方や行いをするようになった出来事があったら、日記に書き記そう。

２．君の人生には、受け入れるのが非常に困難な人とか状況が存在するだろうか。これからどんなふうにしたら、もっとうまく向き合うことができるか、文章に書いてみよう。

３．君の周囲で、何か際立った特質を持っている人は誰だろう。その人と交際することで、君はこれまでに何を学んできたかな？

17．自分を大切にしよう
―Respect Yourself

> とりわけ己自身には、正直であれ……。
>
> ――シェイクスピア[1]

　この法則は、基本中の基本です。しかし、他の基本的な助言と同じく、行うのはたいへん難しい教えです。まず、これを掘り下げて考えるためには、シェイクスピアの時代よりもっと前に遡らなければなりません。紀元前5世紀にソクラテス[2]は、デルフォイの神託から、「汝自身を知れ！」（第39章 冒頭の言葉参照）という忠告を得ます。つまり、自分が誰であるか分からないうちは、自分に忠実になれないということです。

　それでは、「私」と呼んでいるこの人物は、いったい誰でしょう。どのようにしたら、自分がどんな人間であるか分かるようになるのでしょう。

　まず、これから挙げる質問を、自分自身に投げかけることから始めてみましょう。私の好きなものは何？　嫌いなものは？　何が自分にとって容易で、反対に困難なことか。自分の夢は何だろう。どんなことが自分を幸せな気持ちにさせ、逆に悲しい想いにさせるのか。

　各々の質問に正直に答えることで、自分というものがだんだん分かってくるでしょう。

　そうしたら、この「私」と呼ばれる一人の人間が、自分らしくあること、また、より自分らしくなってゆく過程での「私」を、誰よりもあなた自身が、いつも変わらず心の底から尊重してやることです。

54

例えば、自分は野外活動が大好きだと宣言してみてください。すると周りの人は、あなたが頭が良くて人前でもスピーチがうまいから、弁護士になれと諭すでしょう。弁護士は儲かるよ、とも言うでしょう。仮にそうだとしても、あなた自身を屋内に留めておく職業をあなたが選ぶことに、どんな意味があるでしょうか。もしかしたらあなたは、森林警備隊とか、園芸家とか、ひょっとしたら、カウボーイに向いているかもしれません。

あなた自身を良く知って、自分らしく振る舞うことで、自分を大切にしましょう。自分らしくないことをしながら幸せになろうとすることは、難しいからです。

いい生き方をするための法則 17
自分を尊重することは、人生をきりひらく知恵。

選択課題

1．君の基本的な好き嫌い、得手不得手、喜び悲しみなどの自己描写をしながら、自分の人物像を、エッセイか日記のスタイルで書いてみよう。
2．誰か自分自身を大切にしない人が君の周りにいたら、その人の態度について描写してみよう。
3．君の知り合いの中で、（シェイクスピアの『ハムレット』に登場する）ポローニアスが自分の息子に忠告する、「己自身には正直であれ……」を最も忠実に体現している人の話を、皆と分かち合おう。

---

1 William Shakespeare：ウィリアム・シェイクスピア（1564 年 4 月 26 日頃–1616 年 4 月 23 日）は、イギリスの劇作家、詩人。ストラトフォードアポンエイヴォンで、裕福な商人の長男として生まれたが、その家が没落し、高等教育は受けていない。彼は、エリザベス朝演劇の代表的な作家で、最も優れた英文学の作家とも言われている。その卓越した人間観察眼と内面の心理描写は、のちの哲学や、19–20 世紀の心

理学、精神分析学を先取りしたものともなっている。1612 年頃に引退するまでの約二十年間に四大悲劇『ハムレット』、『マクベス』、『オセロ』、『リア王』を始め、『ロミオとジュリエット』、『ヴェニスの商人』、『(真)夏の夜の夢』、『ジュリアス・シーザー』など多くの傑作を残した。

2 Socrates：ソクラテス（紀元前 470 年頃−前 399 年）は、古代ギリシャの哲学者。アテネに生まれる。良く生きることを求め、問答法によって相手に自らの無知を自覚させ、真の認識に到達させようとした。しかし、この努力は理解を得られず、国家の信奉する神々を否定して青年たちに悪い影響を及ぼすという罪名で告発され、裁判で死刑を宣告されて、毒杯を仰ぎ死去。著作はなく、その業績は、弟子のプラトンやクセノポン（クセノフォンとも）などの書物により、伝えられている。

3 Delphic Oracle：デルフォイ（デルポイとも）は、ギリシャ本土、パルナッソス山の麓にあった古代ギリシャの都市国家（ポリス）であり、そこでの神のお告げをデルフォイの神託という。この地のアポロン神殿の神託は、全ギリシャ人に信じられたが、ローマ帝国期、キリスト教（第 1 章脚注 Christianity 参照）が国教となると禁止され廃墟となった。1987 年、世界遺産（文化遺産）に登録された。

4『ハムレット』は、第 1 章脚注『Hamlet』を参照。

5 Polonius：ポローニアスは、『ハムレット』（脚注 4）に登場する、デンマーク王国の内大臣。王の右腕。

〈出典：岩波書店『広辞苑』、ウィキペディア、㈱平凡社『百科事典マイペディア』、三省堂
　　　『大辞林』、小学館『デジタル大辞泉』、ブリタニカ・ジャパン㈱『ブリタニカ国際
　　　大百科事典 小項目事典』〉

WisingUp 17

18. 他人を尊重しよう
—Respect Others

> *人の欲するところを施せ。*
> （その人がして欲しいようにしてあげよう。）
>
> ——白金律（プラチナ）

金がたくさんの国々で見られるように、キリスト教の黄金律（Golden Rule）——「己の欲するところを施せ（自分がして欲しいように人にもしてあげよう）」という言い伝えと、酷似する教えが他の宗教の中にも存在するのは、そんなに驚くことではないでしょう。

正確に言うと、他の宗教には、銀律（Silver Rule）、あるいは、負の黄金律とでも言うべきものがあります。儒教、ユダヤ教、仏教には、自分がされたくないことは、人にもしないようにということを、共通して諭したものがあります。（著者「まえがき」脚注 Hillel を参照。）手短に言えば、悪い行いを慎むことで結果が良くなるというわけです。

しかし他人に対して真の意味で正しくありたいと思うのであれば、銀律や黄金律を超えて、白金律（プラチナ）（Platinum Rule）に従う志（こころざし）が必要でしょう。つまるところ、人は皆違うのです。あなたの食べる肉料理は、私には毒になるかも分かりません。

例えば、あなたの命を救ったペニシリンに、あなたの友人は実は致命的なアレルギーがあるかもしれません。もし彼女が危険な感染症を起こしてあなたがペニシリンの注射を打ったとしたら、その好意が仇（あだ）になって彼女はショック死してしまうかもしれないのです。

58

WisingUp 18

　他人を尊重するということは、彼らが自分らしくいられるような距離を置くということです。黄金律は、大抵、功を奏するかもしれませんが、注意が必要です。なぜなら、いつそれが裏目に出るか分からないからです。従ってこれからは、高い基準、すなわち「白金律」の実践をお勧めします。

いい生き方をするための法則 18
他人を尊重することは、人生をきりひらく知恵。

選択課題

1．周囲の人がその人らしくいられるように、君はどうやって彼らとの距離を置いているだろう。答えを自分の日記に書き込もう。

2．他の人が、自分をどう扱って欲しいかについて、彼らが守るべき「十戒⁵」を書いてみよう。

3．君をちっとも尊重してくれない人は誰？　その人に、君をもっと尊重してもらうようにするための、自分自身に対するアドバイスを、密かに日記にエッセイとして書こう。

1　キリスト教は、第 1 章脚注 Christianity を参照。
2　儒教(じゅきょう)は、孔子(こうし)（第 44 章脚注参照）を祖とする、中国古来の政教一致の学。儒学の教え。その思想は、天命を以て根本とし、仁（克己(こっき)による他への労(いた)わり）によって一貫された人道を道とし、道を実行するを徳とし、忠恕(ちゅうじょ)（真心と思いやり）を以て理想の道徳たる仁に到達しようとし、倫理上、政治上の教えを述べ、修己治人(しゅうこちじん)（自分を修養して徳を積み、世を治めてゆくこと）を目的とする。四書、五経を経典とする。（第 57 章脚注 中庸も合わせて参照。）
3　ユダヤ教は、第 4 章脚注 Judaism を参照。
4　仏教(ぶっきょう)は、仏陀(ぶっだ)の説いた教え。世界的大宗教の一。紀元前 5 世紀（一説に 6 世紀）に、釈迦（第 3 章脚注参照）が開いた宗教。インドに興り、ほぼアジア全域に広まって、最近では欧米にも知られている。この世の苦しみ、迷いの世界を見て、苦行にも悦楽にも偏らない正しい実践によってそこから抜け出ること、さらには、迷いに沈む生きとし生けるものを救うことを目指す。発展史的に原始仏教、部派仏教（小乗仏教）、

大乗仏教、伝来の相違により、南伝（南方仏教）、北伝（北方仏教）などの区別が立てられるが、受容された地域の特殊性や社会変動によって、多様な信仰に展開した。

5 十戒は、第3章脚注を参照。

〈出典：岩波書店『広辞苑』、三省堂『大辞林』、小学館『日本大百科全書（ニッポニカ）』〉

Responsibility
Esteem
Sincerity
Peace
Elegance
Compassion
Tolerance

19. 一個の力
―The Power of One

> 真理と共にある人は、常に真理が味方になる。
>
> ―ジョン・ノックス[1]

アブラハム[2]系の三つの信仰―ユダヤ教[3]、キリスト教[4]、イスラム教[5]―は、各々の強調する点がまちまちではありながらも、神が一つであるということでは、一致しています。

まずユダヤ教においては、神は一つであると言われています。キリスト教になると、父と子（キリスト[6]）と聖霊が存するとしながら、なお、三位一体[7]であると説かれています。また、イスラム教では、神は一つであり、且つ、唯一無二。アラビア語の「アッラー[8]」は、「神」が言葉本来の意味です。さらに、多神教で知られるヒンドゥー教[9]でさえ、種々様々な神々を超えたところに、「ブラフマン[10]」と呼ばれる唯一の存在があると語っています。

「一個の力」は重要です。例えば、単一の原子を考えてみてください。これが分裂すると、とてつもないパワーが放出されます。それはしかしながら、原子核の分裂、破砕（はさい）の力です。もっと大きな力は、水素原子が幾つか融合して全く新しい一個の原子ができるような時に生まれます。自然の世界でさえ、「一個の力」が、多数の力を負かすのです。

ですから、あなたの生活を総括することで、自分自身の個人的パワーを、より活性化させることが大事になるのです。請求書は一つにまとめて支払うとか、部屋を清掃し、整理整頓するとか。ちなみに、心理学者のカール・ユング[11]は、患者の精神を一つに統一することで病気を治しました。

WisingUp 19

統合性は清廉さに誘います。反対に分解（崩壊）は、欺瞞に繋がります。

　そしてこれを実践してゆくうち、あなたは完全な統一体となります。全（Whole）と聖（Holy）という二つの単語は、英語では関連性のある言葉であり、概念です。聖人と言われる人々は、端的に言えば、自己の行いを統一して、その個の持つパワーを、より規模の大きい全体の幸福のために役立てた人たちをいうのです。さて、あなたはいかがでしょうか。

> いい生き方をするための法則 19
> 「一個の力」に気付くことは、人生をきりひらく知恵。

選択課題

1．君の周囲の人で、非常に調和が取れて落ち着いた人は誰かな？　その人のことについて、自分の日記や学校の作文、論文課題がある時に取り上げてみよう。
2．自分自身をできるだけバラバラでなく統一した人格にしてゆくために、日頃から君は何をしている？　このことを友達と話したり、日記に書いたりしてみよう。
3．自己開発しようとする時に、何が一番の障害になるだろう。その要点をまとめて日記に書き出そう。

---

1 John Knox：ジョン・ノックス（1513 年頃–1572 年 11 月 24 日）は、スコットランドにおける宗教改革の指導者、歴史家。ピューリタニズムの創始者の一人。カトリック（第 47 章脚注 Roman Catholic Church 参照）の聖職者だったが、メアリー 1 世を批判して激しく対立し、ジュネーブに亡命。そこで宗教改革者であるカルバン（カルビンとも）の親交を得た。1559 年帰国。スコットランドに長老派教会を樹立した。（第 33 章脚注 清教徒、同章脚注 Protestant、第 55 章脚注 Mennonite、並びに、第 78 章脚注 John Wesley も合わせて参照。）

2 Abraham：アブラハム（エイブラハムとも）は、ユダヤ教（第 4 章脚注 Judaism 参照）、キリスト教（第 1 章脚注 Christianity 参照）、イスラム教（第 4 章脚注 Islam 参照）を信じるいわゆる聖典の民の始祖。ノアの洪水後、神による人類救済の出発点として選ばれ祝福された最初の預言者。「信仰の父」とも呼ばれる。ユダヤ教の教義ではすべてのユダヤ人の、またイスラム教の教義では、ユダヤ人に加えてすべてのアラブ人の系譜上の祖とされ、神の祝福も律法（戒律）も彼から始まる。イスラム教ではイブラーヒームと呼ばれ、ノア（ヌーフ）、モーセ（ムーサー）、イエス（イーサー──第 1 章脚注 Jesus Christ 参照）、ムハンマド（マホメット──第 78 章脚注 Muhammad 参照）と共に、五大預言者のうちの一人とされる。キリスト教の正教会（第 47 章脚注 告解の欄参照）においては、「アウラアム」と称され、聖人に列せられている。

3 ユダヤ教は、第 4 章脚注 Judaism を参照。

4 キリスト教は、第 1 章脚注 Christianity を参照。

5 イスラム教は、第 4 章脚注 Islam を参照。

6 キリストは、第 1 章脚注 Jesus Christ を参照。

7 三位一体は、キリスト教（脚注 4）において、父（神）、子（キリスト──脚注 6）、聖霊の三位は、唯一の神が三つの姿となって現れたもので、元来は一体であるとする教理。三位一体論。三一論。

8 アッラーは、第 4 章脚注 Islam の欄を参照。

9 Hinduism：ヒンドゥー（ヒンズー）教は、インドやネパールの多数派の宗教である。ヴェーダ聖典（The Vedas）、カースト制度等、多くの特徴をバラモン教から引き継いだ多神教であり、輪廻や解脱といった独特な概念が特徴的である。三神一体（トリムルティ）と呼ばれる近世の教義では、中心となる三神、すなわち、ブラフマー（Brahma──創造神、仏教名は梵天）、ヴィシュヌ（第 80 章脚注 Vishnu 参照）、シヴァ（第 80 章脚注 Shiva 参照）は、一体を成すとされる。（脚注 10 Brahman も合わせて参照。）

10 Brahman：ブラフマンは、ヒンドゥー教（脚注 9）、または、インド哲学における宇宙の根本原理。自己の中心であるアートマンは、ブラフマンと同一（等価）であるとされる（梵我一如）。サンスクリットの「力」を意味する単語から来ている。

11 Carl Gustav Jung：カール・グスタフ・ユング（1875 年 7 月 26 日–1961 年 6 月 6 日）は、スイスの精神科医、心理学者。深層心理について研究し、分析心理学の理論を創始した。1948 年、チューリッヒにユング研究所を設立。また、深層心理学、神話学、宗教学、哲学など多様な分野の専門家、思想家の学際的交流と研究の場を拓いた。

〈出典：ウィキペディア、㈱平凡社『百科事典マイペディア』、三省堂『大辞林』、小学館『デジタル大辞泉』、ブリタニカ・ジャパン㈱『ブリタニカ国際大百科事典 小項目事典』〉

20. 数の力
―The Power of Many

> 一本の矢は難なく折れるが、三本の矢の束は容易に折れない。
>
> ―毛利元就[1]

　前の章で学んだ「一個の力」を多数合わせれば、大きな力を生み出します。三本の矢を一本ずつ折ると簡単に折れてしまいますが、これを三本束ねれば、おいそれと折ることはできなくなるのです。

　「数の力」の例は、他の場面でも目にすることができます。銀行の、普通預金の奇跡というものを考えてみてください。若い人たちのために書かれた長期貯蓄計画書を読むと、あなたが、25歳から週に5ドルずつ積み立ててゆけば、65歳の誕生日には、百万長者になれると書いてあります。無論、数週間預け入れが滞ったり、途中で引き出したりはできませんし、この額は、年3〜4パーセントの複利計算をした場合の話です。しかしそうだとしても、ここでの教訓は明らかですよね。少しの額でもきちんと貯めてゆけば、いつか大きな財産になるということです。

　環境問題に対する社会的な運動にしてもそうです。先進国に住むたった一人の人間が、地球に優しい生活をしていたとしても、その影響力は小さいでしょうが、もし国家規模でみんなが始めれば、全体を変化させる力になるでしょう。「数の力」はまた、一般社会にもはっきりと現れています。アメリカの公民権運動[2]を思い起こしてみませんか。数少ない勇敢なリーダーや諸団体は、アフリカ系アメリカ人の過半数以上が起こしつつあった抵抗運動に火をつけ、それから間もなく、他の人種の人々も加わって、最後には、法律まで変わり始めるに至ったのです。

WisingUp 20

社会改革団体に所属するとか、定期預金を組むとかして、あなたもこの
「数の力」というものを試してみてはいかがでしょう。

> **いい生き方をするための法則 20**
> **「数の力」を利用することは、人生をきりひらく知恵。**

選択課題

1．前述の他に「数の力」の例があったら、日記に書いてみよう。

2．共通の目的を掲げ、多くの人々と共に、見事に仕事をやり遂げられる
　　リーダーについて、文章を書いてみよう。何がその人をそれほど有能に
　　しているのだろう。

3．これから半年の間に、君が「数の力」をどんなふうに活用してゆこう
　　と思っているか、友達と話し合おう。

---

1 毛利元就（1497 年–1571 年）は、戦国時代の武将。陶晴賢、大内義長、尼子義久ら
を滅ぼし、山陰、山陽十か国を領有する戦国大名となった。隆元、元春、隆景の三子
に与えた一族団結を説く教訓は、三本の矢の教えとして有名。

2 公民権運動（The American Civil Rights Movement）は、1950 年代、60 年代に、人種
差別の撤廃と、アメリカの憲法で認められた個人の権利の保障を訴えた運動。広義に
は、憲法が保障した権利の適用を求めるマイノリティーの運動全般を指す。狭義には、
1954 年のブラウン判決（アメリカ連邦最高裁判所が、白人と黒人とが「分離された教
育施設は本質的に不平等」とした人種隔離違憲判決と言われるもの）、55 年のローザ・
パークスによるバス乗車拒否事件、さらに、マーティン・ルーサー・キング牧師（第
50 章脚注 Martin Luther King, Jr. 参照）の指導したバス・ボイコット闘争以降の、公民
権法成立を要求する黒人（アフリカ系アメリカ人）の運動を指す。それまで非暴力主
義を提唱してきたキング牧師が、63 年 8 月、ワシントン大行進で二十万人の先頭に立
ち、有名な「私には夢がある（"I Have a Dream"）」という演説を行い、翌 64 年 7 月、
ジョンソン大統領政権下で、人種差別撤廃を謳った公民権法が遂に成立した。

〈出典：㈱朝日新聞出版『知恵蔵』(2007)、小学館『デジタル大辞泉』『日本大百科全
　　集（ニッポニカ)』、ブリタニカ・ジャパン㈱『ブリタニカ国際大百科事典 小項目事
　　典』〉

21. 心配はやめよう
—Don't Worry

> *私には全く心配のない日が二日ある。*
> *それは昨日という日、そして明日という日。*
>
> ——ロバート・ジョーンズ・バーデット[1]

「心配はやめよう」とは言いながら、この言葉はしかし、「言うは易し、行うは難し」です。心配するということは、例えるなら、氷の上で車を必死になって操作するように、どこに行き着くことも不可能です。ただただタイヤが空滑りして、氷上の雪に出来たわだちの中へ、より深く沈み込んでゆくのが落ちでしょう。

済んだことは、取り返しがつきません。このことをインドネシアの人は、「米は既におかゆになってしまった」という言い方をしますし、ハイチでは、「コーヒーに入れたミルクは取り戻せない」と言います。そして同じことを、私たち英国系アメリカ人は、「こぼした牛乳を嘆いたところで始まらない（覆水盆に返らず）」と言うのです。

言い換えれば、あなたはそのおかゆを食べ、そのコーヒーを飲み、誰かが滑ってひっくりかえる前に、こぼれた牛乳を拭わなければならないということでしょう。要するに、気持ちを切り替え、各々の状況でベストの行動を取り、前向きに生きてゆくということです。

では未来はどうかというと、これもやはり何でも起こり得るのです。私たちは"死ぬ"ことさえできるのですから。いやいや、"できる"のではなく、必ず死ぬのです。しかし死ぬことをあまり心配すると、人間の本分である"生きる"ことに集中できなくなります。そうならないためにここ

68

で、"生きる"ということの一番際立った特徴を挙げてみましょう。それはこれが、現在、この瞬間にしか、起こらないということです。

　もし、過去や未来のことばかり心配しているとしたら、それは、私たちが現在への注意を怠っているということ。今、目の前にあるバラの芳しさ（人生の楽しみ）を感じられないということです。

　心配しないようにすることは、容易ではありません。しかしこの性癖は、まるで草を生やしたまま稲を育てようとするような、人生の実りを自らが妨げる行為です。ですから、どうぞここで覚えておいてください。「過去は歴史、未来は謎、そして、現在は文字通り、贈り物」（文字通りというのは、英語では、「現在」と「贈り物」という二つの言葉を、両方とも "Present ——プレゼント" と言い表すからです）。心配はやめましょう。そして今ここから、あなたの真の人生を生き始めましょう。

いい生き方をするための法則 21
心配しないことは、人生をきりひらく知恵。

選択課題

１．君はどんな時、どんなことを、どんなふうに心配するのかな？　そして最後に君は、その心配事にどう決着をつけるだろう。

２．心配しないで済む手立てがあるか、友達とアイデアを出し合おう。

３．これまで君が、何の心配もなく心からリラックスできた時はいつだったかな。例えば今日この時、そんな時間をまた作るとしたらどうする？

---

1 Robert Jones Burdette：ロバート・ジョーンズ・バーデット（1844 年 7 月 30 日–1914 年 11 月 19 日）は、アメリカのユーモア作家、聖職者。アイオア州 バーリントンで、最も長い歴史を持つと言われる新聞『The Hawk Eye』に掲載されたユーモラスな小記事が、やがて国中の新聞で例証され有名になる。バプティスト教会の牧師としても知られる。

〈出典：ウィキペディア、LibriVox ウェブサイト、Revolvy. ウェブサイト〉

22. 幸せを感じよう
—Be Happy

> くよくよせずに、楽しくやろう！（『Don't Worry, Be Happy!』）
> ——ボビー・マクフェリンの楽曲のタイトル[1]

　もし、心配しないようにすることよりも、もっと難しいことがあるとしたら、それはたぶん、幸せを感じることでしょうか。まさにこの二つは呼応するものであり、通常、順序もこの通り、心配をやめられたら、ハッピーに生きられる、という具合になります。

　しかしながら、あなたが誰かに、「ハッピーに生きようよ」なんて勧めるのは、この本の中に出てくるアドバイスの中でも一番バカげていると思われるかもしれません。だって、どんな人でも幸せになりたいに決まっているのに、意のままに幸せになれるものでもないからです。それはさながら、自分の体をくすぐるようなものでしょう。また、もっと掘り下げると、この幸せを感じる力は、何か遺伝的要素を含んではいないかという疑問があります。具体的に言うと、生まれながらに全く楽天的な人がいる一方、生来、憂鬱、敵意、憤りといった気質を持つ人もいるのでは、と尋ねる人があるでしょう。

　その答えはイエスであり、また同時にノーであるとも言えます。実際、幸せになるよう生まれついた人も、確かに幾らかはいます。どん底にいるような時にでも、何か笑えるような出来事を探し出すことのできる人たちです。けれどもあなただって、いかに自分自身を元気づける能力を持っているかということに気付いて、驚くことになるかもしれません。エアロビクス（有酸素）運動を例に挙げると、この運動は、体内のエンドルフィン[3]の分泌、伝達を助けます。これは、自然の抗鬱剤と言えるものです。同様

に、『Zorba the Greek』[4]の映画の中のアドバイスに従って、踊ってみるというのも一案です。

　もしくは、誰かの手伝いをするという方法もあります。寝たきりの人を見舞うとか、通院の必要なお年寄りを車で送り迎えするとかはいいアイデアだと思いますし、若い十代の人たちが自分たちの生活について話すのを、口を差し挟まないで黙って五分間聴いてやるといったこともいいでしょう。

　さらに別の例としては、家事をすべて完了することも、自分にやる気を起こさせる一つのやり方です。たとえそれが、直接幸せな気持ちに繋がらないとしても、少なくとも、あなたの家も心もすっきりするでしょう。そしてこれが、第一のステップになるのです。幸せの種を育ててゆくには、自分の好きなことをする、あなたを笑わせる人を探す、すべてに感謝する、そして、ストレスを持たないことが、何より肝要です。とにかく、「くよくよせずに、楽しくやろう！」このフレーズを覚えておいてください。

いい生き方をするための法則22
幸せを感じることは、人生をきりひらく知恵。

選択課題

1．ここ最近で、君がすごくハッピーだったのはいつだったかな？　その出来事が何であったのか思い出すことと合わせて、君が幸せな気持ちになった理由は何か、じっくり考えてみよう。
2．君の周囲の人たちで、いつも変わらずハッピーな人に話を聞いてみよう。そしてその人が、日頃から悲しい気持ちにならないようにするために、どうしているか尋ねよう。
3．ここに挙げた「自分を元気にする方法」を試してみて、その結果を日記に書いてみよう。

1 Robert "Bobby" McFerrin, Jr.：ロバート・"ボビー"・マクフェリン・ジュニア（1950年3月11日–）は、ジャズの影響を受けたア・カペラ（無伴奏で合唱、重唱する音楽）のヴォーカリスト、指揮者。ニューヨーク生まれで、グラミー賞など数々の音楽賞を受賞。

2 Aerobic Exercise：エアロビクス―有酸素運動は、生理学、スポーツ医学、健康増進等の領域で、主に酸素を消費する方法で筋収縮のエネルギーを発生させる運動をいう。また、「十分に長い時間をかけて心肺機能を刺激し、身体内部に有益な効果をもたらすことのできる運動」とも定義される。

3 Endorphin：エンドルフィンは、脳内で機能する神経伝達物質の一つである。内在性オピオイドであり、モルヒネ同様の作用を示す。特に、脳内の報酬系に多く分布する。内在性鎮痛系に関わり、また多幸感をもたらすと考えられている。そのため脳内麻薬と呼ばれることもある。

4『Zorba the Greek』は、ギリシャの詩人、小説家であるニコス・カザンザキス（Nikos Kazantzakis 1883–1957）が1946年に著した小説の題名。64年に映画化され、その邦題は『その男ゾルバ』。映画では、主人公アレクシス・ゾルバ（Alexis Zorba）をアンソニー・クインが演じ、撮影は地中海のクレタ島で行われ、その年のアカデミー賞を三つの部門で獲得した作品。（第80章最終段落も合わせて参照。）

〈出典：ウィキペディア、研究社『新英和大辞典』〉

WisingUp 22

23. 今を生きよう
―Seize the Day

明日をも知れない命、だから食べて、飲んで、楽しもう。
　　　　　　　　　　　　　　　　　　　　――新約聖書『ルカの福音書』第 12 章 第 19-20 節

「あぁ何という快楽主義！　なんて無責任で気のめいる言葉！　皆いつか
は死ぬんだから、少なくとも真面目に仕事だけは済ませなくちゃだろう！」
「承知いたしました。それでは、あなたのおっしゃるように書き換える
として、『明日をも知れない命、だから働いて、働いて、その上にまた働
いて……』。本当にこちらの方がよろしいんですか？」

　では、ここで今あなたが自分の墓碑銘を選ぶとしたら、どちらにしますか。
「死ぬほど人生をエンジョイして亡くなったジェーン・ドウ、ここに眠る」
それとも、
「死ぬほど働き詰めに働いて亡くなったジェーン・ドウ、ここに眠る」
さあ、どっちがいいでしょう。

　少なくともここに一つ明らかなことがあります。それは、私たちには限
られた時間しかなく、一日一日が貴重だということです。第二次大戦時の
歌の一つに、このことを簡潔に言い当てているものがあります。「思いっ
きり楽しんで。人生はあっという間。時間はまたたく間に過ぎ去っちゃ
う。だから楽しんでちょうだい、思いっきり楽しんで。人生は思うより短
いのよ……」。

　バランスを保つことが、当然何より大事です。「よく学び、よく遊べ。
勉強ばかりで遊ばないと、子供は愚か者になる（仕事ばっかりしている
と、面白みのない人になる）」（第 54 章 冒頭の格言参照）という言い習わ

しが示す通りです。

　だから、この日をつかんで充実させてください。でも、窒息しない程度にしましょう。勉強や仕事の時は、遊びの部分を、遊びの時には、勉強や仕事の要素を少し差し挟んで、バランスを取ることをお勧めします。実際に、仕事に少し遊び心を持ち、また遊びを意義あるものにしようと考えるわけです。スイスチーズに必ずある穴のように、ちょっとふざけてみることにさえ、他にはない役割があるのです。

　ロバート・フロスト[3]というアメリカの詩人は、「仕事が、期待した成果を生み出す遊びになり、また遊びが、自分に利益をもたらす仕事となる時、きっとあなたは、しっかりと人生を生きているだろう」と言っています。仕事は任務であり、また楽しみであると同時に、有意義なことでもあるのです。

　さらにこれを、スタッズ・ターケル[4]のキャッチフレーズで言い換えて、「気楽にやろう、でもやり抜こう」というのはいかがでしょうか。

　明日は死ぬかも分かりません。しかし私たちは、今日までは確実に生きているのです。

いい生き方をするための法則23
一日一日を充実させて生きることは、人生をきりひらく知恵。

選択課題

1. 君は勉強や仕事と、遊びのバランスを、どんなふうに取っている？ どちらかをやり過ぎたりしていない？ 両方ともほどほどにしているかな？ こんな質問を日記の中で自分自身に尋ねよう。

2. 君の典型的な一日を文章にしてみよう。どこか変えたい？ それはどうして？

3. 君の周りで一番遊び心のある人は誰だろう。その人のことについて日記に書いてみよう。

---

1 新約聖書は、ユダヤ教から継承した旧約聖書（第1章脚注参照）に対し、初期キリスト教（第1章脚注 Christianity 参照）会に伝承されてきた文書を集成し、紀元2世紀から4世紀に次第に正典化したもの。旧約聖書と並ぶ、キリスト教の聖典。また、イスラム教（第4章脚注 Islam 参照）でも、イエス・キリスト（第1章脚注 Jesus Christ 参照）を預言者の一人として認めることから、その一部（福音書）が啓典とされている。新約聖書には27の書が含まれるが、それらは、イエス・キリストの生涯と言葉（福音）、初代教会の歴史（『使徒言行録』）、初代教会の指導者たちによって書かれた手紙（書簡）、黙示文学（『ヨハネの黙示録』）から成っている。旧約聖書、新約聖書の「旧」、「新」という言い方を避けるため、旧約聖書を『ヘブライ語（第1章脚注 Hebrew 参照）聖書』、新約聖書を『ギリシャ語聖書』と呼ぶこともある。

2 『Enjoy Yourself』は、1949年のアメリカの流行歌。ドリス・デイ（Doris Day）他、何名もの歌手が歌っている。Herb Magidson 作詞、Carl Sigman 作曲。

3 Robert Lee Frost：ロバート・リー・フロスト（1874年3月26日–1963年1月29日）は、アメリカの詩人。ニューイングランドの自然と生活を描いて卓越。その主題が平易簡明な言葉で書かれ、穏健な哲学、処世観に裏打ちされていることがアメリカ人一般に愛され、20世紀最大の国民詩人として名声を博した。ピュリッツァー賞を四度受賞。代表作は、『ボストンの北』、『証しの樹』など。引用された詩の部分は、"Two Tramps in Mud Time" の最終節より抜粋。

4 Louis "Studs" Terkel：ルイス・"スタッズ"・ターケル（1912年5月16日–2008年10月31日）は、アメリカの作家、ジャーナリスト。大恐慌から21世紀の初頭まで、市井の人々の生活を取材し本に編集して記録に留めてきた口述歴史家である。1985年にピュリッツァー賞を受賞。

〈出典：ウィキペディア、Encyclopædia Britannica ウェブサイト、㈱平凡社『世界大百科事典』、三省堂『大辞林』、The Biography.com ウェブサイト、Two Tramps in Mud Time ウェブサイト、ブリタニカ・ジャパン㈱『ブリタニカ国際大百科事典 小項目事典』〉

24. 計画しよう
―Plan

> そこに導いたのは、人ではなく、計画であり、
> ノリではなく、地図である。
>
> 　　　　　　　　　　　　　　　　　　　　　―オシー・デイヴィス[1]

　自発性には、それ自身の役割というものがありますが、何か意味のあることを成し遂げようとする時には、通常計画が必要です。

　例えばスピーチをするのであれば、何についてどのように話そうかと、心積もりをしておく必要があるでしょう。まず、聴衆は誰でしょうか。シェイクスピア[2]が題目だとすれば、中学二年生の前で話す時と、英語学科の大学院生の前とでは、話す内容や話し方を変えなければならないのは当然です。

　このように言うと全く分かりきったことを言っていると思われるかもしれませんが、実際のところ、大学教授の多くが、大学一年生を相手に、まるで大学院生に対するような講義をして、生徒たちを当惑させることがよくあるのです。ですから、前もってじっくり考えて、方針を決めてから、実行してみてください。

　バケーションも、計画をしてから出かけることをお勧めします。計画の変更は後からでもできるからです。まるきり無計画な旅の途中で、あわてて家に連絡を取って、急ぎ送金してもらったりするようなことになるかもしれません。また、万が一そんな事態になっても、連絡する家や資金を調達してくれる人に、うまく連絡が繋がるような手配をしているかということも大切なことです。

さらに人生においても、自分がやりたいことを考えて、それを実現させるために不可欠な知識や技術を習得するよう努めましょう。あなたがやりたいと思っていることを、現在既に実行している人に話を聞いてみるというのも一つです。自分の目的を実現させるために、今何を準備したらいいのか、しっかりアドバイスをいただきましょう。そして、その与えられた助言をつぶさに思い出しながら熟考し、その後しばらく時間を置いてから、本来の計画を立てるといいでしょう。

計画は、条例や規約と同じように、いつでも修正できるものです。それは、例えれば、ことわざを書き記した地上の道標のようなものだと言えるでしょう。けれどあなたがまだ作ってもいないものを、修正することはできません。

それでは終わりに、チェスのチャンピオンと、NASA（米国航空宇宙局）からの共通の助言をここに借りて、「いざ、計画、計画、そしてまた計画」。

いい生き方をするための法則 24
計画を立てることは、人生をきりひらく知恵。

選択課題

1．今までに計画をしないで大きな失敗をした経験があったら、そのことについて考えてみよう。そこからどんな教訓を得たかな？

2．すべての計画が首尾よく運ぶわけではない。修正したり、中止しなければならなくなった過去のプランについて、日記に書いてみよう。

3．効果的なプランニングのコツがあったら書き出そう。君の結論のあらましは、どんな感じになるかな？

1 Ossie Davis：オシー・デイヴィス（1917 年 12 月 18 日–2005 年 2 月 4 日）は、アメリカの俳優、作家、並びに、映画監督であり、特に、公民権運動（第 20 章脚注参照）の熱心な活動家として知られる。

2 シェイクスピアは、第 17 章脚注 William Shakespeare を参照。

〈出典：The Biography.com ウェブサイト〉

WisingUp 24

S	M	T	W	T	F	S
		1	2	3	4	5
6	7	8	9	10	11	12
13	14	15	16	17	18	19
20	21	22	23	24	25	26
27	28	29	30	31		

25. 本を読もう
—Read

> 良書を読まない人が読めない人より
> 有利であるということは決してない。
>
> ——マーク・トウェイン[1]

　読み書きができるようになるということは、勝利の半ばに過ぎません。現代の膨大なチャンネル数を誇るケーブルテレビや衛星放送、また様々なインターネット動画配信の時代において、読書という行為は、まさに絶滅寸前にあります。しかしありがたいことに、飛行機で旅行をすると、今でも分厚いペーパーバック本を抱える人や、電子書籍を読む人が増えているのを目にすることができます。現在人気のある書物が大半を占めているようですが、少なくとも本であることに変わりはありません。

　しかしながら、読書をするというのも、まだ成功の途中に過ぎないのです。本の中には、古典もあれば、まさしく即席文学と言えるものもあるからです。簡単な読み物や（どんどんページをめくりたくなるような）面白い本にも、それ自身の役割があります。とは言っても、ペギー・リーの歌[2]のように、「たったこれだけなの？　ならもっと踊り続けなくっちゃ」ということになるでしょう。

　以上を踏まえ、ここに、過去、現在の偉人たちの名前をご紹介しますので、彼らの書物を通して、著者と共に時を過ごす喜びを是非味わってください。ユング[3]、マザー・テレサ[4]、ネルソン・マンデラ[5]、リゴベルタ・メンチュウ[6]、ダライ・ラマ[7]、ガンディー[8]、ヴィクトール・フランクル[9]、ヘレン・ケラー[10]、などなど名前のリストは続きます。自分のためのリストを作ってみるというのもいいでしょう。

WisingUp 25

　また、偉大な詩人や劇作家、小説家など、言葉を媒体に、驚嘆に値する
作品を残した人たちも忘れないでください。さらに各著作の翻訳版等、例
に挙げると、中国やインドの古典文学、ギリシャの叙事詩や悲劇、ローマ
の詩歌、ダンテ、ゲーテ、大いなるロシアやフランスの作家たちの作品、
これらは皆、たとえ原語のタッチが失われたとしても、十分読むべき価値
のあるものであり、読者を、異なった時代、場所、文化、そして生き方の
洞察へと導いてくれます。テレビもこれを巧みにやってのけます。が、し
かしテレビは、全部を作って見せてしまいます。ですから、いい本を手に
取って読んでみてください。そうして、それを書いてくれた人の心の中
に、あたかもあなた自身が入ってゆく想像を巡らせてみましょう。

いい生き方をするための法則 25
良書を読むことは、人生をきりひらく知恵。

選択課題

1．今までに君が読んだ中で、最高の本はどれだった？　その本の内容を
　　日記に書いてみよう。
2．君が深く尊敬する人たちに、お気に入りの本のタイトルを聞いて読ん
　　でみよう。そして薦めてくれた本を話題に、読後彼らと話をしよう。
3．友達とのショッピングで何か短い本を買って、お互いに大きな声を出
　　して読んでみよう。

---

1 Mark Twain：マーク・トウェイン（本名 Samuel Langhorne Clemens ──サミュエル・
ラングホーン・クレメンズ。1835 年 11 月 30 日–1910 年 4 月 21 日）は、ミズーリ州
フロリダ生まれのアメリカの小説家。4 歳の時、ミシシッピー河畔のハンニバルに移
住し、12 歳で父を失い、印刷屋に奉公する。1861 年新聞社に勤め、マーク・トウェ
インの名で文筆業に入る。その後、ユーモアと社会風刺に満ちた作品で名を成す。日
本では、『トム・ソーヤーの冒険』、『王子と乞食』などの少年小説で広く親しまれて
いるが、アメリカ文学では、19 世紀リアリズム文学を代表する本格派の文学者であ
り、20 世紀アメリカ文学に決定的な影響を与えた。

2 『Is That All There Is?』は、アメリカのジャズ・シンガー、ペギー・リー（Peggy Lee）が 1969 年に歌った曲。

3 ユングは、第 19 章脚注 Carl Gustav Jung を参照。

4 Mother Teresa：マザー・テレサ（本名 Agnes Gonxha Bojaxhiu ——アグネス・ゴンジャ・ボヤジュ。ボヤージュとも。ゴンジャは「花のつぼみ」の意。1910 年 8 月 27 日–1997 年 9 月 5 日）は、ユーゴスラビア（現アルバニア）のカトリック修道女で、修道会「神の愛の宣教者会」の創立者。インドのカルカッタ（現コルカタ）の最貧民や遺棄されて死に瀕した病人、老人、子供のため、献身的な活動を行った。現代における最も徹底した愛の使徒として知られ、彼女の活動は、後進の修道女たちによって全世界に広められている。1979 年にノーベル平和賞を受賞後は、世界宗教者平和会議（WCRP）などで講演し、生命の尊厳とそのための施設づくりを提唱した。2003 年に福音となり、16 年、異例の早さで聖人となった。

5 Nelson Rolihlahla Mandela：ネルソン・ロリハラハラ・マンデラ（1918 年 7 月 18 日–2013 年 12 月 5 日）は、南アフリカ共和国の黒人解放運動指導者、政治家、弁護士。反アパルトヘイト運動により反逆罪として逮捕され、長きに亘り刑務所に収容された。釈放後、アフリカ民族会議（ANC）の副議長に就任。その後、議長。1994 年に大統領に就任。賞暦はノーベル平和賞他多数。

6 Rigoberta Menchu Tum：リゴベルタ・メンチュウ・トゥム（1959 年 1 月 9 日–）は、グアテマラのマヤ系先住民族の一つキチェの人権活動家。生涯を通して、人種差別や貧困等に苦しむ人々への圧政に立ち向かい、国のシンボルとなる。1992 年にノーベル平和賞を受賞、96 年にユネスコ（国際連合教育科学文化機関）親善大使となり、98 年には、アストゥリアス皇太子賞も受賞。

7 The 14th Dalai Lama：ダライ・ラマ法王 14 世（テンジン・ギャツォ。1935 年 7 月 6 日–）は、チベット仏教の最高指導者で、その称号である「ダライ」はモンゴル語で「大海」、「ラマ」はチベット語で「教師、指導者」の意。1949 年に中国がチベットを侵攻した後も、一貫して非暴力を唱え続け、自国が最悪の侵略を受けている只中でさえ、それを貫いてきた。59 年にチベット自治区の首府ラサで、チベット蜂起と呼ばれるデモが発生し、インドのダラムサラへ亡命。現在も避難生活を送る。89 年には、チベットの自由を求める非暴力の活動が認められて、ノーベル平和賞を受賞。世界六大陸 62 以上の国々を歴訪し、84 の国際賞、多数の名誉博士号など様々な賞を受賞。法王の著作は 70 冊を超える。（脚注 8 Mohandas Karamchand Gandhi、並びに、第 50 章脚注 Thich Nhat Hanh も合わせて参照。）

WisingUp 25

8 Mohandas Karamchand Gandhi：モハンダス・カラムチャンド・ガンディー（ガンジーとも。1869 年 10 月 2 日–1948 年 1 月 30 日）は、インドのクジャラート出身で、マハトマ・ガンディーとして知られる。南アフリカで弁護士をする傍ら、有色人種に対する国の差別政策に反対。帰国後は、インドの英国からの独立運動を指揮し、民衆暴動の形でなく、「非暴力、不服従」を提唱。この思想は、1947 年にインドを独立させ、大英帝国を英連邦へと転換させた。また、この政治思想は、やがて植民地解放運動や人権運動の領域における平和主義的手法として、マーティン・ルーサー・キング・ジュニア牧師（第 50 章脚注 Martin Luther King, Jr. 参照）やダライ・ラマ 14 世（脚注 7）を始め、世界中に大きな影響を与えた。インド独立後は、ヒンドゥー（第 19 章脚注 Hinduism 参照）、イスラム（第 4 章脚注 Islam 参照）両教徒の融和に努力したが、狂信的ヒンドゥー教徒により暗殺。インド独立の父と称される。計五回ノーベル平和賞の候補になったが、本人が固辞したため、受賞には至っていない。（第 73 章冒頭の言葉も参照。）

9 Viktor Emil Frankl：ヴィクトール・エミール・フランクル（1905 年 3 月 26 日–1997 年 9 月 2 日）は、オーストリアの精神科医、心理学者。ウィーン大学在学中より、アドラー、フロイト（第 10 章脚注 Sigmund Freud 参照）に師事し、精神医学を学ぶ。第二次大戦中、ユダヤ人であるがために、ナチスによって強制収容所に送られ、この体験を『夜と霧』に著した。極限的な体験を経て生き残った人であるが、ユーモアとウィットを愛する快活な人柄であった。著作多数。

10 Helen Adams Keller：ヘレン・アダムス・ケラー（1880 年 6 月 27 日–1968 年 6 月 1 日）は、アメリカの教育者、社会福祉事業家。自らが障害を背負いながらも世界各地を歴訪し、身体障害者の教育、福祉に尽くした。2 歳の時の高熱が原因で、視力、聴力が失われ、言葉を話すこともできなかったが、サリバン女史等の教育の後、ラドクリフ女子大学（現ハーバード大学）を卒業以前に、著書『わたしの生涯』を出版。婦人参政権運動、公民権運動（第 20 章脚注参照）等多くの政治的、人道的抗議運動にも参加した。

11 Dante Alighieri：ダンテ・アリギエーリ（1265 年–1321 年 9 月 14 日）は、イタリアの詩人、哲学者、政治家。都市国家フィレンツェの小貴族の家柄に生まれた。代表作は彼岸の国の旅を描いた不滅の古典である長編叙事詩『神曲』、及び、抒情詩集『新生』。イタリア文学最大の詩人とされ、ルネサンスの先蹤（先例）とも言われる。

12 Johann Wolfgang von Goethe：ヨハン・ヴォルフガング・フォン・ゲーテ（1749 年 8 月 28 日–1832 年 3 月 22 日）は、ドイツの詩人、劇作家、小説家、科学者、哲学者、

政治家。特に文学において優れた作品を多く残し、小説『若きウェルテルの悩み』などにより、シュトゥルム・ウント・ドラング（疾風怒濤）運動（18世紀後半ドイツで興った文学革新運動）の代表的存在となる。加えて、過激な行動を排し、個人の内面的な形成によって、調和ある人間性の実現を目指すワイマール古典主義を代表する作家の一人となった。戯曲『ファウスト』他、作品多数。

〈出典：ウィキペディア、㈱平凡社『世界大百科事典』、三省堂『大辞林』、The Famous People ウェブサイト、小学館『デジタル大辞泉』『日本大百科全書（ニッポニカ）』、日外アソシエーツ『20世紀西洋人名事典』(1995)、ブリタニカ・ジャパン㈱『ブリタニカ国際大百科事典 小項目事典』〉

WisingUp 25

26. 旅をしよう
—Travel

> 一日旅をすれば、いっぱい学ぶことができる。
>
> ——ベトナムのことわざ

　旅行してみましょう。すると、きっと旅は世界を見せてくれるでしょう。家で学べないということでは決してありませんが、例えば、デモイン（アメリカ、アイオワ州中部の州都）はパリ（フランスの首都）ではないし、パリはカサブランカ（モロッコ北西部の港市）とは異なります。また、カサブランカもボンベイ（現ムンバイ——インド中西部の港湾都市）ではありませんし、無論ボンベイも、サマルカンド（ウズベキスタン東部の都市）へ続く黄金の道ではないのです。

　全く変わった場所に行くことで、自分がいったい誰なのか、自分の故郷が何なのか、また、この見慣れない場所で起こっていることが、自分のやっていることとそれほどかけ離れないことや、郷土風なやり方が必ずしも他より優れているわけではないことなども、良く分かるようになります。

　実は、私たち著者二人も、各々若い時は外国で勉強をしました。19歳のレナルドは、大学三年の時、交換留学生の一人としてドイツのハイデルベルクへ行きました。エール大学で学んでいた学生たちは、ふた学期間をこのハイデルベルク大学で過ごすことが長い間の慣わしになっていたのです。しかし、第二次世界大戦が終わってから、わずか十三年しか経過していないこの土地での体験は、ユダヤ系アメリカ人の学生であるレナルドにとって、特別なものになりました。

　ジャンは、二十歳の時、バングラデシュの首都であるダッカ（ダハカと

も）という、インドのカルカッタ（現コルカタ）からそれほど遠くない都市から、アメリカへやってきました。イスラム教徒である彼が、ケンタッキー州の街外れ、ベレアというところにある小さなクリスチャン系の大学で、勉強することになったのです。

　この両方のケースにおいても、私たち二人の人生は、この体験を機に永遠に違ったものになりました。私たちは、全く新しく、非常に異なった、また、時には驚かされるようなことに出くわしながらも、何よりありがたいことには、自分たちの真価を認めてくれる人々と出会うことになったのです。そして、このような自らの経験を通して、個々人はそれぞれ異なりながらも、人類は一つであるという真実を、遂に学ぶに至ったのです。

　生まれた場所は、私たちの巣です。しかしながら、空が、生息地なのです。私たちは皆、新しい世界を探し求め、森羅万象の統一性を学ぶ必要があります。それができるのはこの方法だけ。旅をすることです。

> **いい生き方をするための法則 26**
> **旅をすることは、人生をきりひらく知恵。**

選択課題

1．これまでで、どの旅が君にとって一番すばらしかったかな？　何がその旅行を特別なものにさせるのだろうか。
2．過去の旅行中に学んだことで、最も意義深かった事柄について、簡単に書き表してみよう。
3．友達や同僚たちと、今度はどこに行きたいか話し合おう。

---

1 イスラム教は、第4章脚注 Islam を参照。

27. 自分の直感を信じよう
―Trust Your Instincts

> 息をするのに、人の鼻を借りるな。
>
> 　　　　　　　　　　　　　　　　　　　　―タイの格言

　あなたが、何か強く感じることがあったら、それに従ってください。その感覚を押しやっても押しやっても戻ってくるような時は、特にです。あなた自身に備わっている感覚器官が、あなたに何か告げようとしているのです。それを信じましょう。

　運命を左右するような事柄が、その決定如何にかかっている場合。例えば、手術を受ける、受けないとか、土地を買う、買わないとかいう時に、私たちは皆、注意深くなります。間違った判断が、自己破産、あるいは、もっと悲惨な結果を招くこともあるからです。そんな時は、徹底的に考え尽くしてみてください。セカンド・オピニオン、いや、サードだってフォースだって、人からの意見も集めましょう。一晩寝てもう一度考える。さらに眠って再度また熟考する……。

　そうは言いながら、実際私たちに、いつもいつも時間がふんだんにあるわけではなく、なかなか決心できなくても人生は待ってはくれず、決断して前進しなければならない時は、さて、どうするか。

　あなたの直感を信じてください。

　そんなことできないって？　まぁしょうがないですね。けれど自分を突き動かす衝動が、いつも一番崇高な自分を表現しているとは限りません。ですからそんな場合にこそ、この事実をわきまえているだけで、あなたは

既に有利な立場に立っているということです。大抵、強い情熱というもの
は、急激に押し寄せ、強烈で、そして同時にはかないものです。通り過ぎ
るのを待ちましょう。

逆に、あなたの本能的直感というものは、概して、もっと静かで落ち着
いた声でありながら、継続的にあなたに囁きかけるものです。情熱を払い
のけつつ、直感を信じましょう。それは、あなたに手招きする誘導装置
——あたかも渡り鳥を、来る年も来る年も、何千マイルと離れた冬の家路
へと誘う力のようなものです。

批評家を始め、友人や同僚までもが、あなたに様々なアドバイスをくれ
ることでしょう。最後は、しかし、あなたがこれだと思うものを残し、残
りは捨てて、そしていよいよあなた自身の直感に従うのです。

> いい生き方をするための法則 27
> 自分の直感を信じることは、人生をきりひらく知恵。

選択課題

1．直感と情熱の違いを見極めるにはどうしたらいいか、日記に書いてみ
　よう。
2．君はいつも自分のリズムで進むタイプ？　それとも人の忠告に従う方
　かな？　このことに関して、君がどんなふうにバランスを取りながら行
　動しているか、文章にしてみよう。
3．君の知り合いですごく直感的な人に、自分自身の直感を信じるための
　ヒントを尋ねよう。

28. 生きよう
―Live

> 人生最後の日まで生き抜こう。
>
> ――ジョナサン・スウィフト[1]

　命のあるところには、必ず希望があります。生きることは、ただ息をしているということではありません。食べて、寝て、動いているだけでも不十分です。命というものは、幾つかの動作の繰り返し以上のものなのです。姿を現しているだけでは、生きていることの半分にしか過ぎません。

　簡潔に言い表せば、人生とは与えられる機会。宇宙側の仕事は、言わば、私たちにチャンスを供給することで、私たちの仕事はと言うと、そのチャンスを頂いて何かを為すということです。

　命は与えられていますが、生きる糧は、私たち自身が得るものです。アメリカには、「タダ飯など、どこにもない」という言い回しがあります。しかし、それが実は吉報なのです。なぜそうかと言うと、個人的性格や仮面ではなく、自己の本質や真の才能を以て、内から外へと、この命が、自分自身の内的成長の糧を得ようと、強く私たちを駆り立てるからです。

　私たちは、惰性的に、物体のように動かないで生きることもできます。石のように硬い心を持つこともできるし、自分で呼吸しなくても機械に繋がれた植物状態で生きることすら可能です。また、動物的に、自分の領域を脅かすものすべてと戦いながら生きることもできるし、あるいはまた、人間的な過ちばかり犯しやすく、約束事など守らず、逃げてばかりの人生さえも送れます。

WisingUp 28

だけれども、それとは反対に、天使にもうちょっとで届くような、本物のエンジェルのように振る舞える、自己を成長、向上させようとする人になることだって、同時に可能なのです。ロボットではなく、いい子ちゃんでもない。地にしっかりと足を着けながら、なお自己が思い描いている夢の実現にも背かないような人物。母なる大地と父なる天空の子——その魂は強く、且つ謙虚で、元気に満ち溢れ、まるで家族のようにこの類似した姿勢を取りながら生きている人たち……。

命は生きられなければなりません。人生はスポーツ観戦ではないのです。

いい生き方をするための法則 28
本気で自分の一生を生きることは、人生をきりひらく知恵。

選択課題

1. 最良の人生を送るには、毎日をどう生きたらいいだろう。クラスメートや友達とこのことについて話し合ってみよう。

2. 一生君が夢遊しているとしたら、その時間がどのようなものか文章に書いてみよう。それは、いったいどんな感じだと思う？

3. 君の周りで、誰よりも生き生きしている人は誰かな？　その人は、人生をどんなふうに生きているだろう。

---

1 Jonathan Swift：ジョナサン・スウィフト (1667 年 11 月 30 日–1745 年 10 月 19 日) は、アイルランド生まれのイギリスの作家、ジャーナリスト。幼い頃から家庭的に恵まれず、ダブリンのトリニティ・カレッジを出て、政治家の秘書や牧師の職に就き、当時の政治、宗教界を風刺する『桶物語』や、古代と近代の優劣を論じて前者を支持した『書物戦争』を 1704 年に著し、攻撃的な風刺作家としての本領を発揮した。最も広く知られる『ガリバー旅行記』は、時代や国の別を超えて、普遍的な人間風刺の文学となっている。

〈出典：ブリタニカ・ジャパン㈱『ブリタニカ国際大百科事典 小項目事典』〉

29. 信仰心を持とう
—Have Faith

> 心の強さは、揺るぎない信仰心から生まれる。
>
> ——アラビアの格言

　信仰は贈り物です。クリスチャンは、これを神の恵み、または祝福と言葉で言い表します。加えて、インドネシアのジャワ島人、その大部分がイスラム教徒である彼らは、これを"アヌグラハ"——自分の予想や功罪を超えたところから訪れるすばらしい価値のある何か——と呼びます。

　では、信仰が贈られるものなら、どうやってそれを手に入れるかなんて誰にも言えないだろうって？　心配には及びません。ここで子供たちがいつもやっていることをちょっと想像してみてください。彼らは、親に、クリスマスには自転車、誕生日にはステレオ、ハヌカーには DVD のセット、イードには革製の新しい服、そしてお釈迦さまの誕生日には、子供部屋専用のテレビをねだるでしょう。

　一例を挙げれば、クリスチャンのやり方は、A.S.K. です。
　　　Ask——求めよ、さらば与えられん。
　　　Seek——たずねよ、さらば見出されん。
　　　Knock——門を叩け、さらば開かれん。
　これが、聖書に出てくる順序です。なお、当然のことながら、あなた自身が行動を起こし始めるということが前提ですが……。

　もしあなたが、神を信じないとしましょう。多くの人が信じていません。肉眼を持っている人なら誰でも、この惑星の幸福を願ってやまない全知全能の神の存在に対して、何千という議論を持ち出すことができるで

しょう。しかしまた、真の信仰心を持つ人にも、それに対する反論ができます。サモアの人々は言います。「月は幸いなり。姿を消したように見えるが、また必ず姿を現す」[7]。

信仰心を持つためのまず第一歩は、自分自身、命、自然の秩序、そして可能性というものを信じることです。命のあるところには必ず希望があります。もし、私たち著者二人が信じているように神が存在するなら、神さまはきっと、あなたを含めた手を伸ばしているすべての人々の手に、触れようとなさるでしょう。

それでは最後に、どうぞ信仰を大切にしてください。

いい生き方をするための法則 29
信仰心を持つことは、人生をきりひらく知恵。

選択課題

1. 君は神さまを信じる？ それはなぜ？ もし信じないとすれば、信じたい？ それはどうして？ これらの質問の答えを、そっと日記に書き込もう。
2. あなたにとって信仰の手本となる人は誰だろう。その人のことについて、友人やクラスメートとディスカッションしてみよう。
3. 君に信仰心を持たせるもの、または、それを遠ざけるものが何であるのか、エッセイを書いてみよう。

---

1 イスラム教は、第 4 章脚注 Islam を参照。

2 Christmas：クリスマスは、キリストの降誕を祝う祭日、12 月 25 日。（第 1 章脚注 Christianity キリスト教、並びに、同章脚注 Jesus Christ イエス・キリストも合わせて参照。）

3 Hanukkah：ハヌカー祭は、ユダヤ暦第九月キスレブ（西暦の 11–12 月）25 日より八日間に亘る宮清めの祭り。（第 4 章脚注 Judaism ユダヤ教も合わせて参照。）

4 Id（Eid）：イードは、イスラム（脚注1）の二大祭。ラマダン（第5章脚注 Ramadan 参照）後の断食明けの祭りと、巡礼月の犠牲祭とがある。

5 花祭り（灌仏会）は、釈迦牟尼（第3章脚注 釈迦 参照）の誕生日、4月8日に、お祝いと感謝の気持ちを込めながら、その像に甘茶を注ぐ行事。（第18章脚注 仏教 も合わせて参照。）

6 旧約聖書は、第1章脚注、新約聖書は、第23章脚注をそれぞれ参照。

7 このことわざの指し示していることは、たとえ「神」と呼ばれるような、不可思議な存在を信じない人がいたとしても、自然の中に見られる規則正しい秩序、例えば、月や太陽が毎日昇り沈むような現象は数多く存在し、それらに疑いを持つ人はいないでしょう、との意。〔訳者の質問に対する著者の追加説明を付記〕

〈出典：㈱平凡社『世界大百科事典』、研究社『新英和中辞典』、三省堂『新明解国語
　　　　辞典』〉

WisingUp 29

30. 疑うことを忘れないで
―Remember to Doubt

> 確かだと信じるためには、疑うことから始めなければならない。
> ――ポーランドのことわざ

信用詐欺は、被害者がすべてを信じることで成り立ちます。

時には、「百聞は一見に如かず」（第45章 冒頭の格言参照）という格言さえも、疑わしくなる時があります。例えば、最高峰の山から眺めても、地球は未だ平らに見えるからです。真実を私たちの五感で確認するためには、宇宙旅行ができる頃まで待つか、超音速機でここを飛び出さない限りは、地球が丸いとは言明できないでしょう。

科学的方法は、すべて疑うことが基本です。懐疑論は、人類の辛かった経験から生まれた古からの贈り物なのです。昔は、間違って毒キノコを食べてしまう人がたくさんいました。「そりゃ、ヤバい！」そうならないよう、これからは気をつけましょう。

「やけどに懲りて、火を怖がる」と言われるように、事実、世界のことわざは、注意を促すものがほとんどです。「転ばぬ先の杖」（イギリス）、「狼を一匹呼び寄せると、何れ群れを成してやってくる」（ブルガリア）、「蜜は甘くても、イバラの枝をなめるな」（アイルランド）など続きます。

古代ギリシャ人は、トロイの陥落に繋がった策略、"トロイの木馬[1]"のことを決して忘れませんでした。そののち「疑うことを忘れるな」は、長く言い伝えられる箴言（戒めの言葉）となりました。（第59章 冒頭のことわざを参照。）

WisingUp 30

（「羹に懲りて膾を吹く」という古代中国からの言い習わしのように、）もちろんすべてを疑っていたら、あなたの生涯は短いものになってしまうでしょう。なぜなら、例えば、食べるものすべて腐っていると恐れていたのでは、餓死してしまうからです。だけどちょっぴりの健全な疑いは、災難の予防や危険の防止になります。すべての人に扉を開けてはなりません。また、誰と話しているのかまず心得てから話すようにしましょう。そして、打ち明けるのは、必要なことだけに留めましょう。「いつも優しい人が、本当に優しいとは限らない」という言い回しも、この章の冒頭と同じポーランドのものです。

ですから、疑うことを覚えておいてください。アインシュタイン[2]はそうしました。そして、とうとう世界を変えてしまったのです。

いい生き方をするための法則 30
健全な懐疑心を用いることは、人生をきりひらく知恵。

選択課題

1．君は何でもすぐ信用する性格？　それとも疑い深い方かな？　どんなふうに信じることと疑うことのバランスを取っているか、自分の日記に書き込もう。
2．健全な懐疑心を使いこなしている点で、君の模範になる人は誰かな。その人のことについてまとめ、みんなにスピーチしてみよう。
3．疑いを晴らす方法として、科学的なやり方が効果的に用いられた例を探して、それについて文章にしてみよう。

---

1 トロイの木馬は、トロイ（トロイア）戦争において、トロイを陥落させる決め手になった、ギリシャ神話に登場する木製の装置。兵を巨大な木馬に潜ませ、ギリシャ軍がトロイ軍を欺き攻略した故事から、外見とは異なる物が送り込まれた災いを招くたとえにもなる。

2 アインシュタインは、第4章脚注 Albert Einstein を参照。

〈出典：ウィキペディア、三省堂『大辞林』、小学館『デジタル大辞泉』〉

31. 今やらないと、ダメになる
—Move It or Lose It

> *寝坊のカメは、日の出に間に合わない。*
>
> —ジャマイカの格言

　時折私たちは、交差点で信号が変わるのを待ちながら、そこに立ち尽くしてしまうような時があります。感覚が麻痺して、どうすることもできない状態。起きているのに、目覚めていないような感じ。

　こういう時こそ、「今やらないと、ダメになる！」と、自分自身に言い聞かせる時です。

　こんな時は、自分の頭と首、胸と胴を軽く叩いてみるという、昔ながらの方法があります。なぜだかこのやり方は、血行を良くし、副作用のないカフェインのような効き目があります。無論混雑した交差点など、人の目に付くところでやってみるのは憚られるでしょうが、この小さな自己管理の裏ワザを覚えておくと、いつかその効果にきっとあなたも驚くことでしょう。

　また別のやり方としては、ただ単純に、動き始めるということです。もしあなたが、大きな仕事を抱えているとしても、その仕事の大きさに怯まないでください。最高峰の山に登るのでも、一歩一歩進んでゆくことに変わりはありません。まず着手することが、誰にとっても困難なのです。西洋の大方の言語には、このことを言い当てたことわざがあります。例えば、ドイツ語にもイタリア語にも「すべて初めが難しい」という同一の言い回しがあるほどです。同じことを、私たち英語圏の人間は、「始め良ければ、半ば成功（始めるが大事）」というふうに言います。

WisingUp 31

「……ダメになる！」の部分は、何かをやる時に私たちがぐずぐずしていると、貴重な機会が失われてしまう悲しい現実を物語っています。

ですから、目を覚まして、第一歩を踏み出したら、その日をつかみましょう。少しの猶予が命取りにならないように。

いい生き方をするための法則 31
取り掛かってみることは、人生をきりひらく知恵。

選択課題

1．仕事をする時の君の習性があったら、紙に書き出してみよう。君の立てた計画は、日頃から予定通りに進行しているかな。いつも計画を難航させるものは、いったい何だろう。
2．自分が前進するための五つのアドバイスを考えて、君自身に宛てた手紙を書いてみよう。
3．友達とコーヒーでも飲みながら、お互いの時間管理の方法を紹介し合おう。

32. 急がず時間をかけてみよう
—Take Your Time

> *私たちは悪魔から逃れることはできない。*
> *悪魔より辛抱強くなれるだけだ。*
>
> ──著者自作のことわざ

　根気よく続けることほど困難で、また必要不可欠な要素というものが他にあるでしょうか。世界中の人々の知恵の多くが、この重要性について語ります。「ゆっくりでも着実にやれば、必ず競争に勝つ」。「一回切るのに、十回測れ」。そして、何と言っても私のお気に入りは、「川を渡り切るまでは、ワニのことを"馬鹿でっかい口"なんて間違っても呼ばないように！」という、我慢強さに慎重さの味わいを加えたアフリカの格言。

　時が訪れるまで待ちましょう。そして好機を逃さず利用しましょう。すべてには時機があるのです。中国には、「愚かな百姓は、新芽を引っ張ってまで、米の苗を早く伸ばそうとする」という言い伝えもあります。

　中国哲学は、この概念を、道教──宇宙の原理とその力を学ぶ学問──の中にある論理的結論に導きます。老子はおっしゃいました。「賢人は、住処を離れないで国を治める」と。すなわち、無駄なことをしない者が最も多くを成し遂げるということ。北京語の発音である"ウー（無）"と"ウェイ（為）"は、文字通り「しない」という意味です。（人為などから生じる）労力の節約をここでは諭しているのでしょう。同じことを英語圏では、「待ち続けている者に、すべてはもたらされる（果報は寝て待て）」という言い方をします。

　猫の捕食を見てください。猫は、隠れ場所を見つけ、餌食の現れるのを

待ちます。辛抱強く待って、待って、待ち続けて、そして、最後に機を逃さず跳び掛かります。餌食が逃げ去ることもたまにはありますが、大抵は捕まってしまいます。

　猫が、猟師として成功者になれるのは、急がず時間をかけるからです。彼らは、好機を粘り強く待ち、またそれを逃しません。この教訓から学び、真似(まね)てみましょう。

> いい生き方をするための法則 32
> 急がず時間をかけてみることは、人生をきりひらく知恵。

選択課題

1．君はどれぐらい我慢強い方かな？　その答えを日記に書こう。
2．どうしたら今よりもっと忍耐力を養えるようになるだろう。自分自身への手紙にそのアドバイスを書いてみよう。
3．行動を控えることで、業績を上げることが本当にできるだろうか。この発想について、友達や同僚と意見を出し合ってみよう。

---

1 道教は、第 5 章脚注を参照。
2 老子(ろうし)（Lao Tsu、Lao-tzu、あるいは、Lao-zi など。生没年不詳）は、中国、春秋戦国時代（紀元前 770 年から前 221 年までの約 550 年間）の楚(そ)の思想家。道教（脚注 1）の祖とされる。儒家（第 18 章脚注 儒教参照）の人為的な仁義道徳思想に対し、宇宙の根本を道や無と名づけ、これに適合する無為自然への復帰を人間のあるべき姿と説く。
〈出典：研究社『新英和大辞典』、三省堂『新明解国語辞典』『大辞林』、小学館『デジタル大辞泉』、ブリタニカ・ジャパン㈱『ブリタニカ国際大百科事典 小項目事典』〉

33. とにかく「ありがとう」と言おう
―Just Say "Thank You"

> 果物を食べる時は、その木を植えてくれた人のことを考えよう。
> ―ベトナムのことわざ

「『どうかお願い』は熱烈に言われるが、『どうもありがとう』は言い忘れられる」というドイツの格言があります。これは真実です。何か必要な時、人は計画して、準備して、甘言を弄してでも手に入れようとします。けれどいったん手に入ると、「ありがとう」と忘れないで言うのには努力が要ります。

私たち人間は、色々なことを当たり前だと思って暮らしています。太陽はいつも昇るし、月は去っても必ずまた現れる。70歳の人の平均心拍数は、生まれてから二十億回にも上るそうです。が、私たちが最後に、この太陽や月や心臓に感謝したのは、いったいいつだったでしょう。

何か不足、欠乏する時というのは、私たちが往々にしてこの「感謝」の念を持つ時です。過去に、ニューイングランドの清教徒が初めての冬越えでひもじい思いをしていた時、地元のアメリカ先住民の部族が、彼らに飢えを凌いでもらうために食べ物を施しました。そこで、清教徒たちは神に感謝をした後、ここで当然この命を助けてくれた隣人にもまた感謝して欲しいところでしたが……。（実際はしかし、のちにこのアメリカのインディアンの人々は、助けたヨーロッパからのゲストたちから、「感謝」の意を表してもらうどころか、自分たちの生まれ育った先祖代々の土地から立ち退かされる憂き目を見るのです。）

戦争を生き延びてきた人々、また、交通事故や大きな手術から生還した

WisingUp 33

人たちも、一様にこの感謝の気持ちを強く持っています。しかしこのような辛（つら）い体験をしなければ、生命のはかなさや、周りの様々な人間や自然の恵みによって生かされているという事実に、私たち人間が気付かないのは、とても残念なことです。

　子供は褒められた時、普通どうしていいか分かりません。幼児は、時として逃げ出したりすることもあります。親はそういう子供に、「こんな時は、とにかく、ありがとうって言うのよ」と躾（しつ）けます。私たちは大人になっても、この教えに倣（なら）って、すべてのことに感謝する習慣を持つべきでしょう。そうすれば、いつか今日の挫折が、明日の成功に繋（つな）がることだってあるかもしれないではないですか。

いい生き方をするための法則 33
すべてに感謝し、謝意を表すことは、人生をきりひらく知恵。

選択課題

1．もし君が神さまに、いつも何かお願いしながら祈っているなら、この一週間は頼みごとをする代わりに、全宇宙に向かって、これまで頂いたものすべてに感謝しながら過ごしてみよう。そしてその体験を、日記に書き記そう。
2．君の知っている人の中で、その人自身の不幸な出来事にもかかわらず、いつも感謝して暮らしている人のことを文章にまとめよう。
3．褒められた時、君はどうする？　このことについて、クラスメートや友達と語り合ってみよう。

1　清教徒（せいきょうと）（Puritan ——ピューリタン）は、16世紀後半、エリザベス1世の宗教改革を不徹底とし、イギリス国教会の宗教改革をさらに進めようとした国教会内の一派、及び、その流れを汲（く）むプロテスタント（脚注2 Protestant 参照）各派の総称。ピューリタン革命の推進母体となった。その一部は信仰の自由を求めて、17世紀前半に北アメリカへ渡り、ニューイングランドを開拓した。（第19章脚注 John Knox、第55章脚注

Mennonite、並びに、第 78 章脚注 John Wesley も合わせて参照。)

2 Protestant：プロテスタントは、16 世紀のルターやカルバン（カルビンとも）の宗教改革後、ローマカトリック教会（第 47 章脚注 Roman Catholic Church 参照）の信仰理解に反抗し、分離形成されたキリスト教（第 1 章脚注 Christianity 参照）各派、及び、その使徒の総称。北部ヨーロッパ、イギリス、北アメリカにおいて優勢。プロテスタント教会自身は福音主義教会と公称する。新教徒。（脚注 1 清教徒、第 19 章脚注 John Knox、第 55 章脚注 Mennonite、第 78 章脚注 John Wesley、並びに、同章脚注 Methodist も合わせて参照。)

〈出典：三省堂『大辞林』、小学館『デジタル大辞泉』『日本大百科全書（ニッポニカ)』〉

WisingUp 33

34. 人の言うことに耳を傾けよう
—Listen

> 耳は二つ、舌は一つなのだから、話すことの二倍、聞きましょう。
> ——トルコのことわざ

　さぁ、これは難題ですね。特に、外交的な人にとって、口を開くことで世界を牛耳ろうとする衝動は、しばしば抑えるのが難しいものです。

　ですが内向的な人には、比較的簡単なことかもしれません。彼らにとっては、話すことが、逆に挑戦であるからです。彼らは、言うなれば金本位制——「雄弁は銀、沈黙は金」に従って生きる人たちと言えるでしょう。

　この章の法則は、多弁な人——耳の数より舌の数が多い人々——へ向けられています。さて、ここでおしゃべりな人に提案。他人を、仮に自分の頭の中に住んでいる人間として尊重することを学ぶというのはどうでしょうか。この方々に話していただきましょう。もしかしたら彼らが、あなた自身の内なる声の如く、聞くに値する何かを披露してくれるかもしれません。

　ちょうど自分の手では届かないところを人に掻いてもらうように、他人はあなたの見えないものを見ることができるかもしれないのです。それに耳を傾け、そこから学びましょう。

　そして、途中で話の腰を折らないで、最後まで彼らの考えを聴きましょう。人が話している時に、次に何を言おうかと考えるのもやめましょう。しかるべき時が来て、もし話したいことがあれば、その時言いましょう。もし言うことを忘れてしまったとしたら、それはたぶんあまり大事なことでなかったのか、また後で思い出すかするでしょう。何も言わないで話が

進んでいったら、何も言わないで済むことだったのだと思いましょう。

　12ステップ・プログラム[1]の参加者は、人の話をしっかり聴くよう指導されています。このグループ内では、「決して人の話に口を差し挟まない」という暗黙の了解があります。個人的話題の紹介の時間は普段、二、三分に限られていて、ほどんどの人がこれを守ります。それでもなお、それより長く話す人も出てきます。そうしたらまた、これを辛抱強く聴くのです。なぜなら、そこで聴いているすべての人たちにとって、有意義な話題がもたらされるかもしれないからです。

> **いい生き方をするための法則 34**
> **話すより多く聞くことは、人生をきりひらく知恵。**

選択課題

1．君は聞く人、それとも話す人？　聞く側か話す側かの位置を測定するとしたら、誰がどのへんに位置するか、友人やクラスメートと査定し合ってみよう。

2．一日中、（断食のように）全く話さない「断話」の日を設けるとか、「人の話のみ聞き続けるフェスティバル」とかやってみたらどうだろう。そして、その経験やそこから学んだことを、日記に書き込もう。

3．聞き上手な人に話を聞いてみよう。そして、彼らの取り組み方を文章に書き表そう。

1　12ステップは、第6章脚注 The Twelve Steps を参照。

35. 自分の意見を言おう
―Speak Up

何か言うことがあれば、言いなさい。

―アメリカのことわざ

　この助言は、内向的な人で、死ぬほど話すのが嫌いな人たちに向けられた教えです。これまで長い沈黙を守り、その中でも特に人の話に注意深く耳を傾けてこられた皆さんに敬意を表し、おめでとうの言葉を贈ります。皆さんは、話すことより意義深い、聞く側の仕事を選んでこられました。

　しかしながら、たまには話さなければならない時があることも、覚えておいてください。そのような場合に、口をつぐんでいるのは良くありません。何か言うことがある時には、口を開きましょう。

　でも、自分が言うことを、誰か他の人が嫌いだったらどうしよう。言おうとすることが、ばかげて聞こえたり、きまり悪くなることだったら、どうしたらいいでしょう。

　そういう時は、話に先立って、「私の考えとしては」とか、「私の経験から申し上げれば」というような前置きを用いることだってできます。結論を言えば、どんな人にも自分の意見を言う資格があるということです。例えば、会話の中で、誰か他の人たちの話が論点から大幅に外れているとあなたが判断しても、彼らをやり込めるようなことを言わない限りは大丈夫です。人間関係を不愉快なものにしないで、且つ、異議を唱える方法を学ぶことは、人生における美術品を一つ創り上げるようなもので、やすやすとは行かないでしょう。けれど、あなたの放った言葉の一節が、誰か他の人の主張を和らげたり、修正したりする手助けにならないなんて、誰にも

110

言えません。

　ただ、当然のことですが、最初は「習うより、慣れろ」です。従って、初めは安心できる人に、自分の考えを話し始めてみましょう。それで自信がついてきたら、今度は顔見知りの人たち、そして知らない人、というように広げてゆきましょう。

　公の場で話すことは、死ぬ恐怖に次いで、二番目に恐ろしいことだと人は言います。プロのお笑いタレントの人たちでさえ、座がしらけた時の恐怖をしきりに物語るのは、無理もないことです。しかし、何か言わなければならないことができたら、声に出しましょう。もしかしたらあなたの言葉が、他の誰かにとって、死ぬか生きるかの違いを生み出すものかも分からないのです。

いい生き方をするための法則 35
自分の考えを述べることは、人生をきりひらく知恵。

選択課題
1．もし君が、人前やグループ内で話すことが苦手なら、誰か信頼できる
　友人に会って、助言してもらおう。
2．自分が理想とする人物を見つけて、その人の用いる単語や言葉遣いを
　書き出し、それを借りて使ってみよう。
3．自分の話し方がどのぐらい進歩してきたか、定期的に日記に記録して
　ゆこう。

36. 心を落ち着けよう
―Stay Calm

> 家が火事にでもならない限り、わめくな。
>
> ――アメリカの格言

　アメリカには、パニックになった時の表現がたくさんあります。サルになる（ひどく興奮する）、バナナになる（熱狂する）、狂ってしまう、逆上する、気違いになる、気が触れる、いかれる、などが主なところです。読者の皆さんの中には、きっと他の言い回しを思いつく方がありますね。

　このようにたくさんの表現があるということは、私たちが頻繁にそうなっている証拠でしょう。またパニックになる時に、怒りが露わになることもよくありがちです。中には冷静さを失って怒り出すことを、自慢にしている人たちもいます。「何だって、てめぇー、怒るぞ！」なんて、彼らはしきりに言います。これはだいたいの場合が、個人的特性です。「私は、髪はブロンドで、目は青く、しょっちゅうキレる質です」といった感じでしょうか。

　例えば、ネット上のお見合いサイトで、下記のような自己紹介を目にしたことはありませんか。

　「ヨーロッパ系白色人種、アメリカ人男性、38歳、身長5フィート10インチ（約178センチ）、体重165ポンド（約75キロ）、ノン・スモーカー、始終パニクる性格。ご興味のある方を求む！」

　もちろん心の奥では、私たちのほとんどが、クールで物静かで、嵐の真っ只中でも任務を遂行することのできる世界のジョン・ウェインのような人を敬い、また羨ましいとさえ思うでしょう。

WisingUp 36

　ニューヨーク市の元市長、ルディー・ジュリアーニ[2]は、短気な人として知られていました。が、9・11（2001年9月11日の「アメリカ同時多発テロ事件」と呼ばれている出来事）においての業務執行の後、彼はアメリカの新しいジョン・ウェインになりました。世界貿易センタービルの惨禍の渦中で、どのようにして心を落ち着けて任務に当たったのか問われた時、彼は、「危機が大きければ大きいほど、心をより平静に保たなければならないと言った、父親の助言に従ったのです」と答えました。

　困難に出遭った時こそ冷静になることで潜り抜けられるかもしれません。

> **いい生き方をするための法則 36**
> **心を落ち着けることは、人生をきりひらく知恵。**

選択課題

1．君が過去に極限的状態を体験していたら、その時どのようにそれと向き合ったかを、文章にまとめよう。
2．また、もしその状況にもう一度遭遇するとしたら、今度は違った対処の仕方をするだろうか。それはなぜ？
3．いつも冷静さを失わない点で、模範になる人がいるかな？　いたらその人のことについて描写してみよう。

---

1 John Wayne：ジョン・ウェイン（1907年5月26日–1979年6月11日）は、アメリカの映画俳優。1929年映画界入りし、39年『駅馬車』で一躍スターの座を築く。以来、西部劇、アクション映画を中心に活躍し、数々の名作を生み出したアメリカ映画界の代表的スター。68年の『グリーン・ベレー』では、監督も兼ね、69年の『勇気ある追跡』で、アカデミー賞主演男優賞を受賞した。

2 Rudolph W. Giuliani：ルドルフ・W. ジュリアーニ（1944 年 5 月 28 日–）は、イタリア移民の 3 世としてニューヨークに生まれる。1970 年アメリカ連邦司法省入り。93 年ニューヨーク市長に当選。在任中は、同市の犯罪率を大幅に低下させ、2001 年 9 月ニューヨーク世界貿易センタービルなどの惨事以後は、救助活動と復旧の陣頭指揮を執った。翌年 1 月、任期満了のため市長を退任。その後、様々な政治的活動を経て、18 年 4 月、トランプ大統領に顧問弁護士の一人として迎え入れられた。

〈出典：AFPBB News ウェブサイト、日外アソシエーツ『現代外国人名録 2012』（2012）、ブリタニカ・ジャパン㈱『ブリタニカ国際大百科事典 小項目事典』〉

WisingUp 36

37. 規則を守ろう
—Follow the Rules

舵<ruby>舵<rt>かじ</rt></ruby>が支配しない者は、岩々に支配される（座礁する）。

—ウェールズの格言[1]

　現代社会からの贈り物の一つに、交通信号があります。ドライバーに止まる時と進む時を教えることで、交通を整理し、すべての人が前に進む機会を与えてくれます。赤信号を通過することは危険です。時には、死を招きます。

　規則は、それが公正なものであれば、私たちがお互いに傷つけあったり、殺しあったりすることを避ける手助けをします。規則が、公平さの基準を維持してくれるのです。あなたにはあなたの、私には私の、そして社会には社会のルールがありますが、それがゲームでも人生でも、規則は、その競技場の公正さの水準を一定に保ちます。そして、ほぼ均等な機会と、ギブ・アンド・テイクが適切に行われる状況を、保障してくれるのです。

　私たち筆者は、信号が普及していない地域に住んだことがありました。短距離のタクシー乗車のはずが、まるで月旅行にでも行くように長く感じられる場所です。なるほど、途上国の人々の信仰心がどうして篤<ruby>篤<rt>あつ</rt></ruby>いのかが頷<ruby>頷<rt>うなず</rt></ruby>けます。信仰から得られる忍耐力が、必要だからです。

　規則は、秩序の基準です。自然はそれ自体が、この法則に従って動いています。皆さんは、例えば、地球が回るのをやめたり、月が昇らなくなったり、太陽が輝かなくなったりしたら、いったいどうなるか想像つきますか。生態学的に見た自然環境運動は、人が自然の法則と調和を取りながら生きることを促<ruby>促<rt>うなが</rt></ruby>すのが、一番の目的なのです。

人間の作り出した規則は、時折私たち自身をひどく苛立たせることがあります。それがいつも公正なものであるわけではないし、おまけに、人間の予想できない事態を生み出したりすることもあるからです。従って、民主主義の下では、憲法が書き換えられたり、法律が廃止されたり、新しい法律が制定されたりするのです。そしてその結果、やはりこれらの規則が、なお社会の存続を可能にするのです。

いい生き方をするための法則 37
規則を守ることは、人生をきりひらく知恵。

選択課題

1. 君は、横断歩道でない道路を横切ったり、スピード違反をしたり、たまに赤信号を無視したりしないだろうか。どの行いを改めなければならないか、またどうしてそう思うかを、自分に対して手紙を書くつもりで日記に記そう。
2. 君の飲食の仕方を思い返してみよう。自分の身体のためになるようなルールを設けるとしたら、どんなものになるかな？
3. この章の初めに引用している、ウェールズの格言の意味について、一段落文章を書こう。

---

1 Welsh, Wales：ウェールズは、イギリスの中南部、西端の半島。1284年イングランドに併合。1301年以来、イギリス皇太子をウェールズ公と称する。

〈出典：岩波書店『広辞苑』〉

38. 新しい考え方をしよう
—Go Outside the Box

> 初めに物を壊さない人は、何も創り出すことを学ばないだろう。
>
> ——フィリピンの格言

　規則は守る価値のあるもの。だけどそれは、創造性を発揮する時を除いて言えることです。もし私たちのご先祖さまが、それまでのやり方をそのまま繰り返しやってきたとしたら、これまで一切何も変わることがなかったでしょう。

　例えば想像してみてください。もしコロンブス[1]が、地球は平坦だと信じる当時の真理に服従していたとしたら、新世界は発見されずにいたかもしれません。もしガリレオ[2]が、太陽が地球の周りを回っているという外見上の事実を受け入れていたとしたら、今も私たちは、天動説[3]を信じている可能性もあります。また、ピカソ[4]、カンディンスキー[5]などの画家たちが、絵描きはすべてカメラのように写実的であるべきだと信じて疑わなかったら、抽象画やその芸術が創り出す喜びは、決して生まれなかったでしょう。

　教養とは、自己を包み込む箱のようなものです。その小箱は、猫が丸くなって安心してケアを受けられるような小さなスペースです。それにはちゃんと決まった役割があり、決して軽蔑されないものです。

　反対に、創造性というものは、規則を破ることであり、従来の物の見方、感じ方、やり方の箱の外に出てゆくということです。問題を解決するに当たって、これまでになく新しい、伝統的でない方法を用いることを言うのです。ちなみに、頭がおかしくなるというのは、同じことを何度も何度も繰り返しながら、異なった結果を期待することを言うのだそうです。

WisingUp 38

　さて、一般的に起業家たちは、たびたび新しい発明品や新思考セミナーなどに参加します。ここで、過去の実験医学を例に挙げれば、いったい誰が実際に危険を冒してまで、自分たち自身や友人に毒を注射したりするでしょうか。しかもそれが、その時代の論理や倫理に全く反すると分かっていながらです。事実上しかし、そのような独創的な考え方が、恐怖の病に対する予防接種や、蛇に咬まれた時の解毒剤や、抗がん剤などを創り出すことに繋がったのです。ですから、こと創造性に関しては、規則など忘れましょう。

いい生き方をするための法則 38
新しい考え方をすることは、人生をきりひらく知恵。

選択課題

1．君は、社会的慣習に従ったものの考え方をする性格？　それとも、新しいやり方を発明するタイプ？　自分の日記の中で、このことについて論議してみよう。それを変えたいと思う？　それはどんなふうにして、そしてなぜ？

2．君自身の独創的な考え方で、問題を処理した過去の経験談を、他の誰かと分かち合ってみよう。

3．君の周囲で、桁外れに創造性豊かな人について、1ページのエッセイを書こう。

---

1 Christopher Columbus：クリストファー・コロンブス（1451年頃−1506年5月20日）は、イタリア生まれの航海者。1492年、スペイン女王イサベルの援助を得てアジアを目指し大西洋を横断、サンサルバドル島に至る。以後三回の探検によって中央アメリカ沿岸を明らかにしたが、そこをインドの一部と信じ、新大陸の全貌を知らずに死亡した。

2 Galileo Galilei：ガリレオ・ガリレイ（1564年2月15日−1642年1月8日）は、イタリアの物理学者、天文学者。振り子の等時性、落体の法則などを発見。自作の望遠鏡で天体を観測し、月の凹凸、木星の四個の衛星、太陽黒点などを発見。コペルニクスの地動説（脚注3 天動説の欄参照）を支持し、教会から異端者として幽閉された。

3 天動説は、地球が宇宙の中心に静止し、他のすべての天体が地球の周りを回っているという

説。地球中心説。逆に、地動説（ち どうせつ）は、太陽が宇宙の中心に静止し、地球は自転しながら他の惑星と共に太陽の周りを回っているとする考え方。太陽中心説。

4 Pablo Picasso：パブロ・ピカソ（1881 年 10 月 25 日–1973 年 4 月 8 日）は、スペインの画家、彫刻家。バルセロナ美術学校、マドリード王立美術学校卒。青を基調に貧しい人々を描いた「青の時代」、静かな優しさ、愛がテーマの「バラ色の時代」を経て、1950 年以降は、版画、陶芸に熱中した。スペインの生んだ 20 世紀最大の芸術家。

5 Wassily Kandinsky：ワシリー・カンディンスキー（1866 年 12 月 4 日–1944 年 12 月 13 日）は、ロシア生まれの画家、芸術理論家。主としてドイツで制作。形態から離れた、色と形の感情的意味に基づく純粋な抽象画の先駆者。晩年はフランスに帰化。

〈出典：三省堂『大辞林』、小学館『デジタル大辞泉』、日外アソシエーツ『20 世紀西洋人名事典』、ブリタニカ・ジャパン㈱『ブリタニカ国際大百科事典 小項目事典』〉

WisingUp 38

39. 自己を知ろう
―Know Yourself

> 汝(なんじ)自身を知れ！
> ――ソクラテス[1]へ宛てたデルフォイの神託[2]の忠告

　真の自分が誰であるかを知ること、ここからすべてが始まります。自動車や飛行機の扱い方を知らないで、運転、操縦することは不可能です。言葉を知らないで、本を読むこともできなければ、使い方を知らないで、洗濯機やコンピューターを操作することもできません。同じように、いったい自分が誰であるか、どのように自分が行動するか分からずに、どうやって真の自分になることなどできるでしょう。

　もちろん誰か別人のように振る舞うことは可能でしょうが、それは結果として、良くて滑稽、悪ければ、あなた自身のみならず、周りの人にも、破滅をもたらすことになりかねません。

　自分を知らないでいると、あなたは、言わば、丸い穴に打ちこまれる四角い止め釘になってしまいます。学校で全然興味のない分野を専攻することになったり、自分の本当の才能を活(い)かせない職業に就いたりするでしょう。また、自分自身の中で感じる真の親近感ではない何か別の理由で、一生を共に過ごす人を選んだり、自分の心の声に耳を傾けることがおろそかになって、他人が何を考えているかばかりに心を捕らわれた人生を送ることになるでしょう。それでも、もしあなたが幸運で、あまりの自分の惨めさのため、遅すぎる前に気付けば、今度は本気で、自分がいったい誰なのか探求し始めることになるはずです。

　「知る」ということは、バイブル[3]によれば、アダムがイブ[4]と結ばれた時

のように、何かと一つになることを意味すると言われます。[5]

　では章の締めくくりに、あなたがこれからの人生で、どうか自分が誰であるか学ぶことができますように、そしてさらに、自分らしい本当の自分になってゆけますように、心からお祈りしています。

いい生き方をするための法則 39
自分が誰であるかを知ることは、人生をきりひらく知恵。

選択課題

１．本当の君はいったい誰だろう。この基本的な疑問の答えを、十五分ぐらい日記に書いてみよう。そしてその後、親しい友人とコーヒーでも飲みながら、自分自身の発見について語り合おう。

２．君の周りで心が常に落ち着いている人に話を聞いてみよう。そして彼らが、本当の自分になってゆく、あるいは、なっていることを見て、そこから学んだことを日記に記そう。

３．どうしたらもっと本当の自分自身に近づいてゆけるか、君自身に手紙を書こう。

---

1 ソクラテスは、第 17 章脚注 Socrates を参照。

2 デルフォイの神託は、第 17 章脚注 Delphic Oracle を参照。

3 The Bible：バイブルは、旧約聖書（第 1 章脚注）、並びに、新約聖書（第 23 章脚注）を合わせて参照。

4 第 1 章脚注 エデンの園の欄を参照。

5 ここでは二つのものが一つになる比喩を用いています。二人の人間が人生を共にすることは、まるで悟りの境地を探し求めるが如く、お互いが共に成長しながら本当の結びつきを築いてゆくこととも言えるでしょう。また、個人的にも、どんな人生の場面であれ、自分の中の人格を一つに統合することが、賢明な決断や行動をすることに繋がるでしょう。加えて、これらを促す西洋でのやり方の一つに、神と呼ばれるような神聖な力と自分との融合が挙げられます。自己を知ることは、私たちを、より完成度の高い自分自身に近づけるでしょう。〔訳者の質問に対する著者の追加説明を付記〕

40. 自分を愛そう
―Love Yourself

> *自分自身を愛さない人々は、近隣を脅かす。*
>
> ―著者自作のことわざ

「自己を愛するように、隣人を愛しなさい[1]」というキリスト[2]の崇高な教えは、時に危険になることがあります。それでは、もし私たちが自分を憎むようになったら、いったい何が起こるでしょうか。キリストはそのことにも触れています。私たちは自己の欠点を認めなくても、同じ欠点を他人の中に見出すものだと言い当てているのです。心理学者は、のちにこのことを、行動投影と呼ぶようになりました。(第9章 第一、二、三段落目を参照。)

ということは、もし私たちが自分自身を愛さなくなると、隣人たち、つまり私たちと交際しようと接触する人々は、危なくなることになります。自分に対する愛情が薄れれば薄れるほど、他人への危険性もますます高まるからです。「お隣さーん、マジでご用心!」

ここで問題になるのは、あなたが愛すべき人間でなければ、あなた自身が自分を愛せないということです。私たちはそのように出来ているからです。では、いったいどうしたらいいでしょう。

答えは簡単。ただこれを続けて行うことは決して容易ではありませんが……。その答えは、自分が好きになる自分になることしかありません。このプロセスには、努力が要ります。また、一般的に私たちは、自分自身に対して一番厳しい批評家ですから、自分にたちまち惚れ込むなんてことはできません。例えば、人に気に入られようと花束やディナーを供するよう

124

な安易な方法で、自分が自分を好きになることなど、決してないのです。本当に自分を好きになるには、日頃から継続的に、自己の内面を磨く実践をしてゆくこと。そうすることによって、少しずつ、自分自身を敬い始めるようになるでしょう。

人が喜ぶことをやり始めるというのも一案です。他人の価値観や感情に心遣いを示したり、話し手の話に注意深く耳を傾けるといったこともできるでしょう。また、約束を守ること、特に、初めに交わした約束事は簡単なことに留めておいて、結果がそれを上回るようなやり方を心がけるといいでしょう。とにかく何があっても、愛せる自分になる必要があります。でなければ、その逆は、怖いことになるからです。

> **いい生き方をするための法則 40**
> **自分を愛せるようになることは、人生をきりひらく知恵。**

選択課題

1．君はどれぐらい人間的に魅力のある人だろう。自分の日記を開いて、この質問にできるだけ客観的に答えてみよう。

2．自分がもっと愛すべき人物になるために、君は具体的に何をする？自分に送る手紙に、そのアドバイスを書こう。

3．君の周囲で、いちばん人に愛される人は誰かな？　その人をみんなが好きになる理由はいったい何だろうか。

---

1 イエス・キリスト（第 1 章脚注 Jesus Christ 参照）の有名な言葉。下記八箇所に記載がある。旧約聖書（第 1 章脚注参照）『レビ記』第 19 章 第 18 節、新約聖書（第 23 章脚注参照）『マタイの福音書』第 19 章 第 19 節、同 第 22 章 第 39 節、『マルコの福音書』第 12 章 第 31 節、『ルカの福音書』第 10 章 第 27 節、『ローマ人への手紙』第 13 章 第 9 節、『ガラテヤ人への手紙』第 5 章 第 14 節、『ヤコブの手紙』第 2 章 第 8 節。
2 キリストは、第 1 章脚注 Jesus Christ を参照。
〈出典：いのちのことば社『バイリンガル聖書』（第二版）、Go to Believers Home Page ウェブサイト〉

41. 夢を追いかけよう
─Follow Your Dream

> *ビジョンがなければ、民は滅びる。*
> ──旧約聖書『箴言[1]』第29章 第18節

　上記の言葉は、個人にも当てはまります。ビジョンを持たないその日暮らしは、ただ存在しているに過ぎません。

　『南太平洋[2]』のブラッディー・マリー[3]は、このことを、「夢を持たなくっちゃ。夢がなかったら、どうやってそれを叶えるのさ」とポジティブに歌っています[4]。

　すべてはあなたの決断にかかっています。例えば、聖書の中に出てくるアブラハム[6]が[5]、何かに駆り立てられるように祖国を離れ、知らない土地へ移って新しい人々を見出したように、あなたも、何処かに行って何かしたいと突き動かされることがあるのではないでしょうか。

　未来像を持つ価値は、アメリカの先住民族が、若者たちにビジョン探しの旅を命じることをみれば、どれだけ意義のあることかお分かりになるでしょう。青年たちは、荒地で一人で過ごせるようになるため、年長者の助けを借りながら、肉体的、精神的準備をしてゆくのです。通常、四、五日間、一枚の毛布と着るものだけを背負って出かけます。磁針も水も食料もありません。この旅で、彼らが探し出したいものは、「力の場所」と呼ばれる所です。もし運が良ければ、そこで、その後の人生を左右するような夢や、劇的な経験をつかむことになるのです。

　けれども、夢を持つだけでは十分とは言えません。それを追いかけま

しょう。イディッシュ語のことわざに、「夢を叶えたければ、眠るな」というものがあります。また同じことを、19世紀末のアメリカのユーモア作家、ウィル・ロジャーズは、「たとえ君が正しい線路（進路）の上にいるとしても、そこに座っているだけでは、轢かれてしまうよ」と、言い表しています。

ですから、未来像を描くことから始めましょう。そして、それを行動に移すのです。

```
いい生き方をするための法則41
夢を追いかけることは、人生をきりひらく知恵。
```

選択課題

1. 君には未来の理想像があるかい？　そのことについて、日記に十五分程度書いてみよう。
2. 君自身の人生の目標が、今日までにどのぐらい現実に近づいてきたか、友達に話してみよう。
3. 君の夢を実現させるための次のステップは何か、自分自身に手紙を書こう。

---

1 旧約聖書は、第1章脚注を参照。
2 『南太平洋（South Pacific）』は、1949年に製作されたブロードウェイミュージカル。ジェームズ・A.ミッチェナー（James A. Michener）の『南太平洋物語（Tales of the South Pacific）』が原作。50年にトニー賞を受賞。58年にはアメリカで映画化された。
3 Bloody Mary：ブラッディー・マリーは、『南太平洋物語』（脚注2の欄参照）に登場する、ポリネシアの中年女性。
4 『Happy Talk』は、Oscar Hammerstein II 作詞、Richard Rodgers 作曲のアメリカの歌で、『南太平洋』（脚注2）のミュージカルで1949年に発表された。
5 旧約聖書は、脚注1、新約聖書は、第23章脚注をそれぞれ参照。
6 アブラハムは、第19章脚注 Abraham を参照。

7 Yiddish：イディッシュ語は、ドイツ語にスラブ語、ヘブライ語（第 1 章脚注 Hebrew 参照）を交え、ヘブライ文字で書く言語。ロシア、東欧、英国、米国などのユダヤ人が用いる。

8 William Penn Adair "Will" Rogers：ウィリアム・ペン・アデア・"ウィル"・ロジャーズ（1879 年 11 月 4 日–1935 年 8 月 15 日）は、チェロキー族（北米先住民の一部族）のアメリカン・カウボーイであり、コメディアン、ユーモア作家、社会評論家、寄席芸人、並びに、俳優である。1905 年からニューヨークの舞台に登場。軽喜劇やミュージカルで人気を博した。

〈出典：ウィキペディア、研究社『新英和中辞典』、ブリタニカ・ジャパン㈱『ブリタニカ国際大百科事典 小項目事典』〉

WisingUp 41

42. 実践しよう
—Be Practical

たくさんのアイデアを考えて、その一つをやってみよう。

——ポルトガルのことわざ

　優れたアイデアを思いついても、それを全く実践しない人があります。設計図は数知れずありながら、なかなか建設には至りません。

　ところで、いい発想をするということは、すばらしいスタートです。が、アイデアが多すぎると、少ない時よりいっそう困ったことを引き起こします。それは、それぞれの着想が日の目を見ようと、お互いを踏みつけあうからです。

　そこで、

ステップ１：自分の考えを整理して、その各々を箇条書きにする。できるだけ簡潔にまとめる。

ステップ２：その内容を、ひとまず二、三日寝かしておく。

ステップ３：自分の書いたものを読み返してみて、一番いいアイデアに丸をする。

ステップ４：その紙をもう二、三日そのままにしておく。

ステップ５：もう一度取り出して読んでみて、この時ベストだと思ったアイデアに、今度は星印を付ける。

ステップ６：その案の選択を思い止まるよう自分自身に手紙を書いてみる。

ステップ７：この時点で、最も優れたアイデアを友人に話し、建設的な意見をもらう。

ステップ８：そのアイデアを実現するために必要なすべての作業を具体的に書き出してみて、行動計画を練る。

WisingUp 42

ステップ9：お金がかかるようなものであれば、ビジネス界の友人にその
企画をどう思うか、怖がらずに率直に聞いてみる。

ステップ10：ここまでやってみて、あなたが自分の企画はやはりすばら
しいと思えば、実行してみる。

晴れて実現した一つの発想の方が、50もあるすてきなアイデアよりも、より優れています。大抵、失敗する道のりは、思いがけず発生した作業の数々で敷き詰められているものです。成功するには、集中力、計画、そして勤勉さが不可欠です。ですから、慎重な選択をし、地に足をしっかりと着けて、そして歩き始めましょう。

> **いい生き方をするための法則 42**
> **実践することは、人生をきりひらく知恵。**

選択課題

1．企画の発案があってから、君はどのようにしてそれを最後までやり通すだろう。日記の中でこれを検討し、答えを書き出してみよう。

2．君の知っている最も実践的な人は誰かな。その人のことをエッセイに書くつもりで、ざっと下書きしよう。

3．君自身に宛てた手紙に、どうしたらもっと現実的になって事を実行に移せるか、提案があったら書いてみよう。

43. 自分らしいことをしよう
—Do Your Own Thing

> *自分らしく死ぬために、自分らしい人生を生きよう。*
>
> —ラテンのことわざ

　現代における、いわゆる「第一世界（非社会主義の先進工業諸国）」の
人々にとってこれは、比較的簡単なアドバイスと言えるでしょう。個人主
義は、私たち人間にとって本能的な欲求であるようです。60年代に入っ
て、より強化されたに過ぎません。

　そうは言いながら、私たちアメリカ人も、従わなければならない力関係
の中で生きています。よくお年寄りの中には、私たちがすべきことすべき
でないことを、ガンガンおっしゃる方がおられます。さらに、現代の親た
ちも、子供たちに寛大だと言いながら、子供の友人の選択、人間関係、人
生の生き方や職業の選択などに関して、影響を及ぼそうとします。

　加えて、仲間からの精神的圧力というものがまた存在します。人々がど
のような服を身に着け、どんな音楽を好んで聴くか見ていると分かるよう
に、現在でもなお、今流行っていることが、自分の表現を決定しているの
は明らかです。個人主義は尊重されながらも、ファッションが実際は支配
するのです。

　真の個人主義とは、あなた自身の能力を熟知し、本当の自分になろうと
努めることです。もし、何か自分にとって容易で、しかも喜びを感じるよ
うなことがあるとしたら、それが、あなたに備わった才能を示すサインと
なるでしょう。あなたが、例えば弁護士一家に生まれたとしても、そのサ
インを脇へ押しやらないでください。他の職業に魅力を感じず、絵を描く

132

WisingUp 43

ことに喜びを見出せるのであれば、将来、美術に関わる仕事を探す方がいいでしょう。

スコット・ペック[1]という精神科医は、ニューイングランドの一族の進学校で勉強していた頃、自分がいかに惨めであったかを書いています。そしてそこをやめて、彼が住んでいたニューヨークにあるクェーカー教徒の全日制学校に移ってからは、通学も人生も楽しくなったとあります。あなたはいかがでしょうか。人のリズムに合わせる（大衆に倣う）方ですか、それとも、自分自身がドラムを叩きながら行進する（群集についてゆかない）方ですか。

いい生き方をするための法則 43
自分らしいことをすることは、人生をきりひらく知恵。

選択課題

1．君は現在、自分にあったことをやっている？　それとも誰か他の人がやりそうなことかな？　このことについて、自分の意見を日記に書いてみよう。

2．君たちの中にいる極めて個性の強い人たちのことを、友人と集まった時に話題にしてみよう。

3．本当の自分自身になるのに、君が今決断してできることを一つ、日記に書き出そう。

---

1 Morgan Scott Peck：モーガン・スコット・ペック（1936 年 5 月 22 日–2005 年 9 月 25 日）は、アメリカの精神科医で、ニューヨーク生まれのベストセラー作家である。1978 年に出版された『The Road Less Traveled: A New Psychology of Love, Traditional Values, and Spiritual Growth』（New York, New York: Simon & Schuster, 2003, ISBN-10: 0743243153, ISBN-13: 978-0743243155）は、700 万冊を売り上げ、23 カ国語に翻訳されて、彼の著作の中でも最も高い評価を得た作品である。困難な人生の中で、愛情あ

る人間関係を探求しながら、豊かな人生の安らぎや、より高いレベルの自己理解へと
導く、時代を越えたメッセージが紹介されている。

〈出典：Amazon ウェブサイト、ウィキペディア、

　　　　Simon & Schuster『The Road Less Traveled』裏表紙〉

WisingUp 43

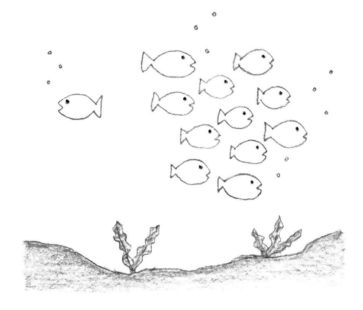

44. チームプレーを大切に
—Be a Team Player

> 星は一つでは、星座をつくれない。
>
> —著者自作の格言

　多くのアメリカの子供たちは、"スター"になりたいと思っています。なんと、マイケル・ジョーダン[1]とか、アメリカ大統領にです。どうやら、どこの子供たちもそのように願うもののようです。

　ところが、孔子[2]の教えが広まっている社会においては、逆にグループの一員になることが重んじられます。「出る杭は打たれる」という日本の言い習わしもあるぐらいです。この意識は、それに留まらず、日本人は自己紹介をする時なども、会社を代表して、「本田技研から参りました松本と申しますが、斎藤さんとお話ししたい旨、お伝え願います」というふうに言ったりします。事実上、服装規定から価値観に至るまで、あなたには会社への帰属意識があるわけです。考えてみれば、日本では、姓（ラストネーム）が、名（ファーストネーム）の前に来るのです。グループとしての家族が、個人より優先されることが、ここでも強調されていますね。

　西洋に住む私たちは、ダイビング、スキー、陸上競技など、個人で競うスポーツに長けています。バスケット、フットボール、テニスのダブルスなどのチームスポーツになると、コーチは決まってチームワークの大切さを力説します。事実、世界のマイケル・ジョーダンのような選手でさえ、自分一人では試合に勝てないのです。ここでちょっと想像してみてください。もしスタープレーヤーが、さほど有名でない全くノーマークの選手に突然パスを通したとしたら、どんなに効果的なプレーになるか分かりますか。その結果が通常スコアに現れます。

136

WisingUp 44

　現状では、日本がスターなしではやってゆけないのと同じぐらい、アメリカではチームワークが必要なのです。スポーツ競技にしても、車を組み立てるにしても、目標を達成するには、それぞれのグループに所属する人たちが、このスターとチームワークの使い分けを、上手（じょうず）にバランスを取りながら行うことが大事です。

　とりわけ我々西洋人は、グループの力の重要性をもっと認識する必要があるでしょう。

いい生き方をするための法則 44
チームプレーヤーになることは、人生をきりひらく知恵。

選択課題

1．君はチームプレーヤー？　それともたくましい個人主義者かな？　日記を広げてこのことについて論議しよう。
2．これまでで最も評価されたグループでの体験例について、エッセイや日記に書き表してみよう。
3．いいチームプレーヤーになるための忠告を、自分に宛てた手紙に書いてみよう。

---

1 Michael Jeffrey Jordan：マイケル・ジェフリー・ジョーダン（1963 年 2 月 17 日−）は、アメリカのプロバスケットボール選手。ニューヨーク、ブルックリン出身。ノース・カロライナ大学卒。並外れた跳躍力と空中での優雅な動きから「エアジョーダン」のニックネームで呼ばれた。大学在学中の 1984 年のロスアンジェルス・オリンピックとその後 92 年のバルセロナ・オリンピックで、アメリカに金メダルをもたらした。84 年に全米プロバスケットボール協会（NBA）のチームの一つ、シカゴ・ブルズに入団後は、最優秀新人賞、最優秀選手（MVP）など多数の賞を受賞。バスケットボール史上最高のオールラウンドプレーヤーである。2003 年 4 月、40 歳で引退。

2 孔子（紀元前 551 年頃–前 479 年頃）は、中国、春秋時代の魯の思想家。儒教（第18 章脚注参照）の祖。その思想は、言行を記録した『論語』に見られる。五常（仁、義、礼、智、信）の五つの徳を恒常不変の道とし、その教えは中国思想の根幹となり、日本の文化にも古くから大きな影響を与えた。（第 57 章脚注 中庸も合わせて参照。）

〈出典：三省堂『大辞林』、小学館『デジタル大辞泉』『日本大百科全書（ニッポニカ)』、ブリタニカ・ジャパン㈱『ブリタニカ国際大百科事典 小項目事典』〉

WisingUp 44

45. 自分が見たことを信じよう
—Trust What You See

> *百聞は一見に如かず。*
>
> —中国の格言[1]

　キリスト教[2]の言い伝えで、疑い深いことで有名な聖トマス[3]は、イエス[4]が死から蘇ったという友人の話を、すぐには受け入れませんでした。彼は、自分自身の目でそれを確かめるまでは、その真偽に関して答えを保留していたのです。そこへ、イエスが現れました。トマスは、まだ、何が何だか良く分かりませんでした。そこでイエスは、トマスに自分の身体の傷に触るよう誘い、彼はそれに従い、その時初めてイエスの復活を信じることになったのです。

　科学においては、「百聞は、（一人でなく多くの人が目撃した）一見に如かず」が基本ですから、疑う人トマスは、科学の領域の「奨励的聖人」であると言えるでしょう。同様に、「ミズーリ出身者は、証拠を見せられないと信じない」がスローガンの "Show Me（実証してよ）State" ミズーリ州でも、民間の「広告塔的支援者」になれるに違いありません！

　似たような表現で、「この目で見たら、信用してもいいけど」とも人はよく言いますが、以上を要約すると、個人的体験が、人間が物事を信じる一番の基準になっているということでしょう。それを裏付けるように、英語の "Evidence（証拠）" や "Evident（明らかな、明白な）" という言葉は、ラテン語の "Videre（見る）" という動詞から来ているのも頷けるところです。

　コロンブス[5]が、世界が丸いということを、初めての航海の前から確信し

140

WisingUp 45

ていたのは明らかのようです。ただし乗組員たちは、彼ほど強くそれを信じていたわけではなく、だからおそらく、航海最初の水平線に差し掛かるに当たって、少しずつパニックになっていったことでしょう。しかし次々に新しい水平線が近づいても、彼らの三隻の船は、どれも海の縁から落ちることがないと分かった時、最終的に彼らは、世界が平らでないという事実を受け入れなければならなかったのです。それまで彼らは言わば盲目でしたが、遂にその目で真実を見たのでした。

いい生き方をするための法則 45
自分が見たことを信じることは、人生をきりひらく知恵。

選択課題

1. 君は物事をすぐ信じるタイプ？　それともまずは自分で見てみたい方かな？　このことを日記に書いてみよう。

2. 何か君自身が目撃しながら、にわかには信じられなかったことがあったら、文章にしてみよう。それは、なぜ信じ難かったのだろう。

3. 目が見えないということが、どういうことか想像してみよう。そしてこのことについて友達と話し合おう。

---

1 冒頭の「百聞は一見に如かず」は、中国の漢の時代に生まれた格言が、日本にも長く定着したものである。世界には同じことを言い当てた別のことわざがあり、その一つが、この本の原作に用いられているイギリスの "Seeing Is Believing." である。ここでは、中国が出典である「百聞は一見に如かず」を、この訳文として最もふさわしいため採用させていただくので、原作で引用されたことわざがイギリスのものでありながら、出典は中国と記す。〔訳者付記〕

2 キリスト教は、第1章脚注 Christianity を参照。

3 Saint Thomas the Apostle：使徒聖トマスは、キリストの十二使徒（弟子）の一人で、イエス（第1章脚注 Jesus Christ 参照）の復活を信じようとしなかったが、その傷口に指を入れて初めてそれを信じ、イエスを神と告白したとされる。「疑い深いトマス」と呼ばれる。伝説によればインドへ宣教し、そこに教会を建てたとも言われ、現在もこの伝説を奉じるネストリュス派系の教会が南インドに残存している。

4 イエスは、第 1 章脚注 Jesus Christ を参照。

5 コロンブスは、第 38 章脚注 Christopher Columbus を参照。

〈出典：All About God ウェブサイト、The Biography.com ウェブサイト、Franciscan
　　　Media ウェブサイト、ブリタニカ・ジャパン㈱『ブリタニカ国際大百科事典
　　　小項目事典』〉

WisingUp 45

46. 見かけで判断しないように
—Don't Believe Appearances

> *見えるものはすべて、真実とは異なったものである。*
>
> ——ヴァリンドラ・ヴィッターチ[1]

「世界は平らだ。そうであるに違いない」。とどのつまり、人が山腹をよじ登れる一番高い山から見える景色、これを人は、「百聞は一見に如かず」（第45章 冒頭の格言参照）と言い表しているのかもしれません。

正気の人がコロンブス[2]の最初の航海に同乗したりするでしょうか。あの時代、世界の果て、つまり海の縁に向かっての航海は、そこから落ちて死ぬことを意味したのだということを想像してみてください。

これは、さながら視力検査といったところでしょうか。私たちは、正常とは言い難い視力で歩きながら、見てきたものすべてが真実であるかのように主張したりします。また、色覚の弱い人には、赤と緑の識別がし辛いこともあるでしょう。確かに見ることは信じることに繋がるかもしれませんが、果たして見たことはすべて真実なのでしょうか。

とは言いながら、私たちの中には、夜よりも昼間を好む人が多いようです。昼は、何でもはっきり見えるのに、夜は、電気をつけない限りは何も見えないからでしょう。でもそういうふうに非難しては、いかにも「夜」が可哀想です。考えてもみてください。夜は、暗いけれども、静寂、黙想、休息などを楽しむことのできる貴重な時間です。逆に明るい昼間は、急いでバタバタしながら、物を買ったりお金を払ったり、上司と喧嘩したり、（注意を怠ると）皮膚がんになったりすることだってあります。

WisingUp 46

　私たちが良いと考えることが、すべて良いわけではないし、悪く考えていることが、全部悪いわけでもないのです。一例を挙げると、普段私たちは、UP（上がること）をポジティブなことと考え、DOWN（下がること）を、ネガティブなことのように捉えがちです。ところが、よく猫とか子供たちが、高い所まで登り過ぎた木の、文字通り頂上に上がったことに突然気付いた瞬間、この木を下りて下に下がることが、急に良いことに思えてきますよね。ですから、どうぞくれぐれも見かけで判断しないように。現実は、全く異なったものかもしれないからです。

いい生き方をするための法則 46
表面だけの価値に捕らわれないことは、人生をきりひらく知恵。

選択課題

1．本当だと思っていたことが、実際は事実ではなかったことが過去にあったら、文章にまとめてみよう。
2．君の友人でこれまでに君の心を変えた人がいたら、そのことを日記に書こう。
3．誰かの眼鏡をかけてみよう。そしてその体験について、周りの人と語り合おう。

1　Varindra Tarzie Vittachi：ヴァリンドラ・ターズィー・ヴィッターチ（1921 年 9 月 23日–1993 年 9 月 17 日）は、セイロン島（現スリランカ）出身のジャーナリスト。コロンボ国立大学で教育を受ける。国連では、二十年以上に亘って上級管理職を務め、世界スブド協会においても、二十五年間協会長として貢献した。1988 年、ユニセフ（国際連合児童基金）の常任副理事を最後に引退。
2　コロンブスは、第 38 章脚注 Christopher Columbus を参照。
〈出典：INDEPENDENT ウェブサイト、The New York Times ウェブサイト、
　　　Muhammad Subuh Foundation ウェブサイト〉

47. 心の重荷を下ろそう
—Get It Off Your Chest

> 心が穏やかなとき、体は健やかである。
>
> ——中国の格言

　最良の生き方というのは、心の重荷を下ろして、いつも晴れ晴れとしていられることを言います。あなたの心が重たいと感じている時は、概して、あなたが背負える以上のものを背負っている時でしょう。

　カトリック教会[1]には、告解[2]と赦免[3]の儀式があります。この慣習は、私たち個々人が心の荷を軽くして、また新たにやり直すチャンスを与えてくれます。精神的に参ってしまうより、告白してしまう方がいいわけです。心の内に抱えた苦悩は蓄積してゆくと、いつか怒りやフラストレーションとして爆発するか、もっと一般的な例としては、うつ病や身体の疾患として現れたりします。

　12 ステップ[4]やその他の支援グループで、お互いの経験を分かち合うことも、同じような役割を務めます。批判をしないで、注意深く耳を傾けてくれる仲間たちの中で、自分の悩み事を公表することは、なぜか魔法のような効き目があります。初め怒ったり、泣いたりしながら参加した人たちが、しばしば微笑み、笑いながら帰ってゆきます。

　イスラム教[5]においては、ラマダン[6]の月の期間中に行う断食を終えたら、一部の地方の流儀では、個人、個人がお互いに、本人が気付いていること、また気付かないことも含めて、人を傷つけたり、怒らせたりしたかもしれない過去一年間の自分の行いを詫び、許しを請う習慣があります。この風習は無意識に行われることもあり、多くの場合両方の側の精神的治癒

146

が図られることとなります。12 ステップのプログラムの約束事にも、こ
れまで害を及ぼした人に対して、罪を償うことがありますが、これも同じ
目的と効果をねらっています。

とにかくここでの要点は、落胆、痛手、自責の念などを溜め込まず、こ
れらを取り除いて、精神を浄化するということです。

いい生き方をするための法則 47
心の重荷を下ろすことは、人生をきりひらく知恵。

選択課題

1. 君は、普段どんなふうに悩み事と向き合っている？　君自身は精神的
   に強く、物静かに解決する性格？　それとも癒しを求めて、人のアドバ
   イスを乞う方かな？　その答えを自分の日記に書き込もう。
2. 自分の心を軽くしその状態を保つために、君の実践している方法があ
   れば、エッセイに書いてみよう。
3. 日頃から陽気で幸せそうな人に話を聞いて、彼らがどうしていつもそ
   のように振る舞えるのかを、文章に書いてみよう。

---

1 Roman Catholic Church：ローマ・カトリック教会は、ローマ教皇を中心とし、全世
界に十億人以上の信徒を有するキリスト教（第 1 章脚注 Christianity 参照）の最大の
教派。1054 年、東方正教会と分裂後の西方正教会を言い、特に 16 世紀の宗教改革以
後、プロテスタント（第 33 章脚注 Protestant 参照）教会に対してこう呼ばれる。その
教説は、「聖書と聖伝」と言われるように、旧約聖書（第 1 章脚注参照）、及び、イエ
ス・キリスト（第 1 章脚注 Jesus Christ 参照）と使途の教えに由来し、教父たちによっ
て研鑽され、多くの議論を経て公会議などによって確立されてきたものである。
2 告解（Confession）は、キリスト教（第 1 章脚注 Christianity 参照）において、洗礼
後に犯した自罪を聖職者への告白を通して、その罪における神からの赦しと和解を得
る信仰儀式。現在のカトリック教会（脚注 1）では赦しの秘跡、正教会（ギリシャ正
教、もしくは、東方正教会と呼ばれる教派）では痛悔機密、プロテスタント（第 33
章脚注 Protestant 参照）教会では単に罪の告白という言い方がされる。

3 赦免（しゃめん）（Absolution）は、罪、過失を許すこと。ここでは、カトリック（脚注1）の司祭がキリスト（第1章脚注 Jesus Christ 参照）から託された権威によって宣する無罪の申し渡し。

4 12ステップは、第6章脚注 The Twelve Steps を参照。

5 イスラム教は、第4章脚注 Islam を参照。

6 ラマダンは、第5章脚注 Ramadan を参照。

〈出典：岩波書店『広辞苑』、ウィキペディア、研究社『新英和大辞典』、小学館『デジタル大辞典』〉

WisingUp 47

48. 泣き言を言わない
―Don't Whine

> *間違っていることに不平を言う代わりに、*
> *正しいことに感謝しよう。*
>
> ――出典不詳

　泣くことと、泣き言を言うことは違います。心の重荷を下ろすことと、愚痴を言うことは、同じではありません。

　泣くことは、精神的な荷を軽くする意味で、生きてゆく上の助けになるでしょう。ただし泣き言を言うことは、現実の問題から目を背けさせ、前進することを妨げます。これは、行動を起こす代わりの虚しい代用品です。また、さらに悪いことには、周囲の人もいい気持ちがしないということです。

　不平不満を言うことが習慣になった人には、概して友達がいません。第一に彼らは、何に対しても自分で責任を取ろうとしません。他人が、組織が、政府が、共産主義者が、資本家が、運命が、神が、そして悪魔が悪いのだといい、自分たち自身はいつも棚上げです。どこか外の誰かに指をさしながら、自分の義務を自分で免除しようとするのです。

　めそめそ泣き言を言うのは、私たちの多くが子供の頃についた癖です。何と言っても、まず幼児は助けて欲しい時に泣きます。その後、少し大きくなって、家に自分より幼い赤ちゃんが現れたりすると、今度は人の注目を浴びようと、また駄々をこねたりするのです。しかしやがて、ほとんどの人は成長して、めそめそするのは赤ん坊がすることだと心得、大人になるとやらなくなります。が、なおそれ以降も、つい愚痴をこぼしたくなる

150

WisingUp 48

誘惑が尾を引いたりします。

　ですから、泣かなきゃならない時は泣きましょう。これは、正常、且つ、自然な行為です。しかし泣き言を言うのは、成熟した大人の世界では容認できない、その場凌ぎの言わば邪道です。まずは、自分に与えられているものに感謝しましょう。そして、自分の好まないことがあれば、それを変える工夫をしてみましょう。けれども、泣き言、不平、愚痴、これはゆめゆめ言わないように。

```
いい生き方をするための法則48
泣き言を言わないことは、人生をきりひらく知恵。
```

選択課題

1．自分の行いを、一週間君自身が評価してみよう。自分が不平を言う毎に、心の中に注意書きを書こう。そして週の終わりに、何がいったい不満を言わせる引き金になっているのか、自己批評してみよう。
2．「不平不満ダイエット」というものを一日やってみよう。そして寝る前に、その日の体験を日記に記入しよう。
3．普段から滅多なことでは不満を言わない人に、どうしてそうできるのか話を聞いて、それを見習おう。

49. 流れに従おう
―Go with the Flow

> *手放そう、そして神に委ねよう。*
>
> —— 12ステップのスローガン[1]

　「もし、らくだがくたびれているなら、ロバを使うがいい」と、アラブの人は言います。ラテンのことわざにも似たようなアドバイスがあります。「風が凪いでしまったら、オールを漕ぎ始めよう」。これらの助言をくだけた表現にするなら、「自分の思うようにしたいと頑張っていてもイライラするだけで、きっと思い通りにはならないよ」ということでしょうか。

　私たち人間の意志は、素晴らしい道具です。これなしには、何事も成就しません。けれども、私たちはやりたいことすべてができるわけではないし、少なくとも、自分の望むようなやり方になるとか、予定した時間内にそれが終了するとは限りません。時には、何かを手放さなければなりません。そしてそれは、大抵の場合、自分自身です。

　下に紹介するラインホルド・ニーバー[2]の「静穏の祈り」[3]は、この厳しい現実に基づいています。

　　　神よ、
　　　変えることのできるものについて、
　　　それを変えるだけの勇気をわれらに与えたまえ。
　　　変えることのできないものについては、
　　　それを受け入れるだけの冷静さを与えたまえ。
　　　そして、
　　　変えることのできるものと、変えることのできないものとを、
　　　識別する知恵を与えたまえ。　　　　　　　（大木英夫　訳[4]）

アメリカ先住民（通称インディアン）の人たちは、川泳ぎについて話しながら、最初に川の中央まで泳いでから、滑るように身体を流れに乗せてゆきます。まずは、流れを良く見ること。それから、流れが誘う方向に身を委ねるのです。

しかしあなたが、どうしても逆流で泳がなければならない時は、ハワイのライフガード（水泳救護員）のこのアドバイスを参考にしてください。潮衝（他の潮流に衝突して激浪を起こす潮流）は、大概が水泳の達人でも、それに逆らって泳ぐには流れが激し過ぎます。けれど潮衝は、幸いにも30フィート（約9メートル）ほどの幅しかありません。ですから、横に10メートルほど泳いでみて、そこからおもむろに入ってゆきましょう。潮の幅を越えたところに来れば、たぶんもう大丈夫です。

> **いい生き方をするための法則49**
> **周囲の状況に従うことは、人生をきりひらく知恵。**

選択課題

1. 君は、いつも自分の思い通りにならなくてはいや？　それとも、流れに合わせられるタイプ？　日記にその答えを書こう。
2. 冒頭のスローガン「手放そう、そして神に委ねよう」のテクニックを、君は以前から知っていたかな？　これをトピックに何か書いてみよう。
3. 人は、心からリラックスできると思う？　その賛否を、エッセイの中で論議しよう。

1 12 ステップは、第 6 章脚注 The Twelve Steps を参照。

2 Reinhold Niebuhr：ラインホルド・ニーバー（1892 年 6 月 21 日–1971 年 6 月 1 日）は、アメリカのプロテスタント（第 33 章脚注 Protestant 参照）の神学者、文明批評家で、新正統派の先駆者である。キリスト教（第 1 章脚注 Christianity 参照）現実主義の立場から、社会問題に対して洞察に富む発言を行った。著書に、『文明は宗教を必要とするか』、『人間の本性と運命』など。

3 静穏の祈り（Serenity Prayer、ニーバーの祈りとも）は、アメリカの神学者ラインホルド・ニーバー（脚注 2）によって書かれた祈りの通称である。「平安の祈り」とも訳される。1930 年代か 40 年代初頭に書かれたとされ、元々は無題だった。

4 引用訳出典：『終末論的考察』大木英夫著、中央公論社、1970 年

〈出典：ウィキペディア、Encyclopædia Britannica ウェブサイト、三省堂『大辞林』、ブリタニカ・ジャパン㈱『ブリタニカ国際大百科事典 小項目事典』〉

WisingUp 49

50. 平安な心を持とう
—Be Peace

> 指物大工は、自分自身より上質のテーブルを作れない。
>
> ——ジャワ島のことわざ

　ベトナムで生まれ、現在では九十代になっている僧侶、ティク・ナット・ハンは、『Being Peace』（邦題『仏の教え ビーイング・ピース』）というタイトルの本を書いています。これを別の言葉に置き換えるなら、戦争を起こすような心を持った人が出ていって和平を結ぶなど、不可能ということでしょう。なぜなら、その人がつくろうとしているものは、例えて言うと、イスラエル人とパレスチナ人の間の停戦状態と同じぐらい、はかなく一時的な平和だからです。

　つまりは、あなたが地球上に平和をもたらしたいのであれば、あなた自身からまず始めることです。歌に、「地球を平和な場所にしよう。そしてその平和は、私自身からまず始めよう」というものがあり、その意を最もよく表しています。このことに関しては他に選択の余地はありません。

　ただし、あなたがこの前提を受け入れたとしても、すぐ難問にぶつかるでしょう。「じゃあー、まず、心を平和にするにはどうしたらいいの？　怒りを抑えるだけでは足りないの？　他に何が要るの？」といった疑問です。

　世界中の軍事組織は、どこにでもいるような少年たちを、能率的な殺人兵器に仕立て上げる有効性の高い技術を保持しています。では、反対に、簡単にキレてしまうような普通の人間を、穏やかで寛容な人に育てる機関はどこにあるのでしょう。

昔、お釈迦さまは、「我々が皆等しく死んでゆく事実を、各々が真の意味で認識すれば、人はお互いの違いを超えて、万事平和的に和解できるだろう（『法句経』）」と、諭されました。そして、今日では、アトランタにあるマーティン・ルーサー・キング牧師とジミー・カーター両氏の平和施設、ハーバード大学院法律家養成機関の調停プロジェクト、コスタリカの平和大学、また、ホノルルの世界非暴力センター等の諸機関はすべて、平和を培うようなトレーニングをしてくれます。加えて言うなら、各々の学校も教会も寺院もモスクも、すべからくこのような訓練を施すべきでしょう。

いい生き方をするための法則 50
世界の平和にも繋がる自分の心の平安を保つことは、
人生をきりひらく知恵。

選択課題

1．君は穏やかな人間かな？　日頃自分が、どれぐらい頻繁に、どの程度激しく、人と言い争っているか、じっくり考えよう。そして、君の毎日の「平和指数」を日記上で査定してみよう。

2．ウィリアム・ユリー作 "The Third Side：Why We Fight and How We Can Stop（第三者―折衝者：なぜ私たちは争いどうしたらやめられるか）" を読んで、クラスの読書感想文を書いてみよう。

3．インターネットで、「平和の学園、学校（Peace Academies）」を探してみて、その検索結果をお互いに学校へ持ち寄ろう。

---

1 Thich Nhat Hanh：ティク・ナット・ハン（1926年10月11日-）は、ベトナム出身の禅僧、平和活動家、詩人である。ダライ・ラマ14世（第25章脚注参照）と並んで、現代社会における実際の平和活動に従事する代表的な仏教（第18章脚注参照）者であり、行動する仏教、または、社会参画仏教（Engaged Buddhism）の命名者でもある。アメリカとフランスを中心に活動を行っており、世界で最も著名な仏教僧の一人である。

2 『Being Peace』は、Thich Nhat Hanh（脚注 1）の著作（Berkeley, California: Parallax Press, 2005, ISBN-10: 188837540X, ISBN-13: 978-188837504）である。この邦訳書は、棚橋一晃氏翻訳『仏の教え ビーイング・ピース——ほほえみが人を生かす』（中央公論新社、1999 年、ISBN-10: 4122035244、ISBN-13: 978-4122035249）で、ティク・ナット・ハンが、解（わか）りやすい言葉で、仏（第 3 章脚注 釈迦 参照）の教えを語る。個人が独立して生きるのではなく、周囲、世界、地球環境との深い関わりにおいてこそ、真に生きることができると説く。

3 『Let There Be Peace on Earth』は、Jill Jackson-Miller 作詞、Sy Miller 作曲のアメリカの歌。1955 年に、夫婦である二人が世界平和を願い、その平和な世界を築くために私たち一人一人ができることを歌にした。

4 釈迦は、第 3 章脚注を参照。

5 『法句経（「ほっくぎょう」とも）』は、原始仏教（仏教は、第 18 章脚注参照）の経典。パーリ語（小乗仏教聖典に用いられた古代インドの言語）テキストは、『ダンマパダ（The Dhammapada）』と称し、諸資料のうち、おそらく最古のものの一つで、最も広く仏教徒に愛唱されて今日に至る。平明な詩（韻文）形式で、深い宗教的境地が盛り込まれており、仏教のいわゆるバイブルの役割を果たしている。引用文の内容は、『法句経』第 1 章 第 6 節に記載がある。なお、この第 6 節は、有名な第 5 節「怨（うら）みを以て怨みを晴らしても、怨みが鎮まることはない。怨みは手放（もっ）した時にこそ鎮まる。これは不変の真理である」の続きとして書かれた一節。（本書「第 55 章 許そう」も合わせて参照。）

6 Martin Luther King, Jr.：マーティン・ルーサー・キング・ジュニア（1929 年 1 月 15 日–1968 年 4 月 4 日）は、アフリカ系アメリカ人で公民権運動（第 20 章脚注参照）の指導者であり、プロテスタント（第 33 章脚注 Protestant 参照）バプティスト派の牧師。「キング牧師」と称されることもある。"I Have a Dream" で知られる有名なスピーチを行った人物。非暴力主義を唱え続けた牧師は、アフリカ系アメリカ市民のみならず、世界的なリーダーとなり、1964 年ノーベル平和賞を受賞したが、68 年にテネシー州メンフィスにて暗殺される。（第 25 章脚注 Mohandas Karamchand Gandhi の欄も参照。）

7 "Jimmy" James Earl Carter, Jr.："ジミー"・ジェームズ・アール・カーター・ジュニア（1924 年 10 月 1 日–）は、第 39 代アメリカ合衆国大統領。ジョージア州出身、民主党の政治家。牧師でもあり、新バプティスト連盟の創始者の一人でもある。大統領在任中の功績としては、冷戦の最中（さなか）、長年対立していたイスラエルとエジプトの間の

和平協定「キャンプデイビッド合意」を締結させるなど、中東における平和外交を推進したことが挙げられる。1981年大統領退任後も、翌年地元ジョージア州に、非政府組織カーター・センターを設立するなど、様々な民主主義と人権の発展への貢献が認められ、2002年のノーベル平和賞や、数々の国際賞を受賞している。

8 Mosque：モスクは、イスラム教（第4章脚注 Islam 参照）の礼拝所（堂）。イスラムでは、厳しい偶像否定から一切の祭壇や像はなく、聖地メッカ（著者「結びの言葉」脚注 Mecca 参照）の方角に面した壁に装飾したミフラーブという壁龕（壁のくぼみ）を設けて、これを礼拝の目印とする。また、浄めを行う泉水と礼拝の時刻を告知するミナレットという塔を備える。

9 William Ury：ウィリアム・ユリー（1953年9月12日–）は、アメリカのベストセラー作家、人類学者、和平交渉の専門家である。（本文中の）ハーバード大学調停プロジェクトの共同創設者でもあり、戦争回避プログラムを指揮監督する。彼は、争い事が家庭であれ、学校や職場であれ、また国家間であっても、それが二つの相反する者によって起こり、折衝役となる第三者が必要になると論じる。原始社会から現代の企業時代に至るまで、諍いは人類の避けられない現実であって、この毎日の闘争を、独創的な論議と相互協力に変換する方法を、『The Third Side: Why We Fight and How We Can Stop』（New York, New York: Penguin Group, 2000, ISBN-10: 0140296344, ISBN-13: 978-0140296341）では語っている。

〈出典：Amazon ウェブサイト、ウィキペディア、㈱平凡社『百科事典マイペディア』、研究社『新英和大辞典』、三省堂『大辞林』、『The Third Side』裏表紙、The Dammapada — HolyBooks.com ウェブサイト、小学館『デジタル大辞泉』『日本大百科全書（ニッポニカ）』、Jan-Lee Music ウェブサイト、日外アソシエーツ『現代外国人名録2012』『「Book」データベース』（1994）、Nobelprize.org ウェブサイト〉

51．学び続けよう
―Keep Learning

> 私は、*毎日新しいことを学びながら年をとる。*
>
> ――ソロン[1]

　リチャード・ボールス[2]は、自身の著書『The Three Boxes of Life』[3]の中で、アメリカ人は、人生を三つの箱に分けてしまうと書いています。その三つは、学びのための青年期、生計を立てる中年期、そしてゆったり過ごす老年期を指しています。教育は準備期間。学校を卒業したら、皆生活の糧を得る仕事に就きます。お金を稼ぎ、結婚し、子供をつくって、家を買い、有価証券を増やして、そして定年を迎えます。その後は、フランスのお城を訪ねたり、ライン川でワインを飲んだり、ワイキキで日光浴を楽しんだりして過ごしますが、そのまた後のことはと言うと、ええっと、まぁ、あまり話題にのぼりませんね。

　ボールスはむしろ、それがお金のためでも奉仕であっても、何か意義のある仕事を、自分の余暇の活動と混ぜ合わせ、「ゆりかごから墓場まで」一生涯を通して死ぬまでやり抜きながら、そこから学び続けることを私たちに勧めます。人生は、三つの箱を並べることでは決してなく、三色の織り糸を織り合わせながら綺麗に織り上げた織物が、人生のあるべき姿だと彼は主張するのです。

　当然のことながら、私たちは、高校を卒業しても、大学を出ても、また専門学校の修了証書をもらってもなお、学ぶことをやめるわけには行きません。特に、最近ではどこでも、実際の仕事をやりながらの職業訓練、オン・ザ・ジョブ・トレーニング（On-the-Job Training―OJT、現任訓練とも）が、従業員教育の要となっています。さらに加えると、職種によっ

ては、そのライセンスを保持するためには、継続的な専門教育を要求する
ものもあります。

　ここでの要点は、しかし、職業だけでなく、人生の本当の意味や、より
良い生き方の術を学び続けることも、私たちにとって不可欠だということ
です。黄金は、道端のあちこちに落ちてはいません。探し続けて見つける
ものです。知恵は、何もしないではもたらされません。得るものなのです。
ですから、生き続け、愛し続け、学び続けてゆきましょう。そうすれ
ば、いつか私たち自身が、真の意味で豊かな自分になっていることに気付
くでしょう。

> **いい生き方をするための法則 51**
> **生涯を通して学ぶことは、人生をきりひらく知恵。**

選択課題

１．君にとっての「学校」とか「先生」という概念について、エッセイを
　　書いてみよう。学校はどこで開かれ、真の先生とはいったい誰のことを
　　言うのだろう。

２．一生涯学びの姿勢を忘れない人に話を聞いて、その人のやり方を友人
　　と分かち合ってみよう。

３．知恵のある人になるために、これから近い将来自分がやろうと思って
　　いることを、三つ選んで日記に書こう。

---

1 Solon：ソロン（紀元前 640 年頃–前 560 年頃）は、アテネの政治家、詩人。ギリ
シャ七賢人（プラトンによれば、クレオブロス、ペリアンドロス、ピッタコス、ビア
ス、タレス、キロン、ソロンの七人だが、異説あり）の一人。諸改革を行い、ギリ
シャの民主政の基礎を作った。

2 Richard Nelson Bolles：リチャード・ネルソン・ボールズ（1927 年 3 月 19 日–2017 年 3 月 31 日）は、アメリカのベストセラー作家、前聖職者。第二次大戦の終わりに海軍で兵役に服し、戦後 1950 年にハーバード大学を卒業。そののちニューヨークの General Theological Seminary（エピスコパル教会の神学校）で学び、53 年に牧師となった。70 年に自費出版した『What Color Is Your Parachute?』という、求職と転職の実践マニュアルと副題された本がベストセラーになり、その後の四十年間で一千万冊を売り上げた。カリフォルニアにて 90 歳で死去。

3 『The Three Boxes of Life and How to Get Out of Them: An Introduction of Life/Work Planning』は、Richard Nelson Bolles（脚注 1）の著作（Berkeley, California: Ten Speed Press, 1978, ISBN-10: 0913668583, ISBN-13: 978-0913668580）で、初版は 1978 年である。内容は、年齢を問わず、一生を通して、学ぶこと、働くこと、遊ぶことを毎日の生活の一部とし、それをどう実践してゆくかについて語っている。

〈出典：The Washington Post ウェブサイト、小学館『デジタル大辞泉』、Dick Bolles ウェブ
　　　　サイト、Barnes & Noble ウェブサイト〉

WisingUp 51

52. いい選択をしよう
―Choose

> 多けりゃ多いで、選ぶのに苦労する。
>
> ――ドイツの格言

　Wisdom（知恵）という言葉は、二つのアングロサクソン語（古期英語）に由来します。*Wis-* の部分は、近代ドイツ語の "*Wissen*"、すなわち「知ること」。そして、*-dom* の部分は、古期英語の "*deman*"、「判断する」という意味の言葉です。近代英語において、私たちは、"*deem*（熟考の末に、信用、または、評価する）" という言葉を使います。以上を総合すると、Wisdom という言葉の本当の意味は、豊富な知識の基での賢い選択ということになるでしょう。

　語源学者によると、"*Wis*" という言葉自身は、ラテン語の "*Visio*（見ること―Seeing、あるいは、視野―Vision）" に由来するそうです。ですから、ラルフ・ウォルド・エマーソンの見解では、"*Seer*" という言葉に、「見る人」という意味と、「賢人―洞察力を備えた人」という両方の意味があるというのも、頷けるところです。

　ところでこの本の内容は、やたらに矛盾することばかり書いてあります。例えば、第 1 章で、「やってみよう！」と励まされたと思ったら、いきなり次の章では、「ちょっと待って！」と釘を刺されるし、12 章で、「細かい点に配慮しよう」と導かれながら、次のページではまた、「全体像を把握しよう」と逆のことを勧められます。さらに 15 章と 16 章では、共通性も相違点も等しく祝い楽しむよう書かれてあります。さて私たちは、この明らかな矛盾と、どう折り合いをつけたらいいのでしょうか。

WisingUp 52

20世紀の物理学者であるニールス・ボーア[2]は、過去に、「真実の反対は虚偽である。しかしながら、偉大な真理については、その逆がまた別の真理でもある」と言っています。人生というゲームにおいては、タイミングがすべてです。旧約聖書[3]の『伝道の書』[4]の中にあるアドバイスを思い浮かべてみましょう。「生まれる時があり、死ぬ時がある。種を蒔く時があり、刈り入れる時がある」。（第60章 冒頭の言葉を参照。）つまるところ、これらの偉大な生き方の法則は、どれをいつどのように用いるかが、鍵と言えるでしょう。

ですから、どうぞ慎重な選択をしてください。あなたが選び取ったその人生が、紛れもなくあなた自身の生涯になるのです。

いい生き方をするための法則 52
いい選択をすることは、人生をきりひらく知恵。

選択課題

1. 君は、どのようにして人生の重要な選択をしているだろう。投資家のように詳細を調べ尽くすタイプ？ それとも、経営者的に自分の経験と勘で決めるのかな？ 日記にこのことを書いてみよう。
2. これまでの人生で、一番賢い選択は何だっただろう。また、どうして君はそれを賢明だったと思うのかな？
3. クラスメートや友達といっしょに、より良い人生の選択をするための作戦を練ってみよう。

---

1 Ralph Waldo Emerson：ラルフ・ウォルド・エマーソン（1803年5月25日–1882年4月27日）は、アメリカの思想家、哲学者、作家、詩人、エッセイスト。マサチューセッツ州ボストンに生まれ、18歳でハーバード大学を卒業し、21歳までボストンで教鞭を執った後、ハーバード神学校に入学し、伝道資格を取得して牧師になる。しかしその後、懐疑を生じて辞任し、のちに、合理主義を排した超越主義を唱えて、アメリカの思想、文学にロマン主義を開花させた。主著『自然論』、『代表的人物論』。

2 Niels Henrik David Bohr：ニールス・ヘンリク・ダヴィド・ボーア（デンマーク語で
は、ネルス・ボア。1885 年 10 月 7 日–1962 年 11 月 18 日）は、デンマークの理論物
理学者。量子論の育ての親として、前期量子論の展開を指導。量子力学の確立と原子
物理学の進歩に貢献した。1922 年ノーベル物理学賞受賞。

3 旧約聖書は、第 1 章脚注を参照。

4 『伝道の書』は、旧約聖書（脚注 3）の一書。知恵文学（古代オリエントで、人間一
般や宇宙の秩序について教える格言や寓話などの総称）に属する。「空の空、空の空な
るかな、すべて空なり」で始まり、現実の不条理と永遠への想いを語る。『コヘレトの
言葉』。

〈出典：ウィキペディア、㈱平凡社『百科事典マイペディア』、三省堂『大辞林』、小学
　　館『デジタル大辞泉』〉

WisingUp 52

53. 働こう
―Work

> 働くことは大変だけど、食べることは楽しい。
>
> ――ロシアのことわざ

　仕事はやらなければ終わりません。インプット（入力、投入量）とアウトプット（出力、生産高）には、明らかな関係があります。従って、あなたに何か成し遂げたいことがあれば、それをやるしかありません。

　ところで、大方の信仰者は、それぞれ宗教は異なっても、祈りの力を信じることでは同じです。あれこれ自分の望んでいる結果になるよう霊的な力に頼みます。ある人は伝統的なやり方に則ったり、またある人は形式に捕らわれないようなスタイルだっだり……。一方、6世紀に、のちのベネディクト・カトリック修道会の基礎となる会則を執筆した聖ベネディクト[1]が伝えるところによれば、「働くことこそが祈ること」だということです。

　結論から言えば、頼みごとも悪くはないけれど、そればかりでは限りがあるということでしょう。その後は、あなた自身が腕まくりをして、汗を流すことが必要なのです。

　ユダヤ教[2]とキリスト教[3]の経典によると、勤労は、エデンの園においてアダムとイブが、神に服従しなかった罪に対する罰[4]という形で始まったと伝えられています。事の始めは、私たちの始祖である最初の両親が、禁じられたりんごを食べたことがバレたこと。そしてその結果、重労働の終身刑が科されたということです。

　無論労働は過酷でなくてもかまいません。何より働く態度が大事です。

WisingUp 53

あなたの才能を発揮できるやりがいのある仕事なら、きっと働くことが楽しいでしょう。さらに、いつも快適な気持ちで住めるようなきちんと整頓された部屋にしようと、目的を持って掃除するのもいいし、すべての仕事は、自分の人格形成や自己修養の道だと見なして、頑張るのもいいでしょう。また、これは仕事ではないですが、ワークアウトとして、ダンベルを上げ下げすれば、汗をかくだけでなく身体が鍛えられるので、あなたはビーチにピッタリの魅力的な姿になるでしょう。

最後に要点はこうです。働かないわけにはいきません。ただし真の意味で労働を見るならば、これが実は、聖なる恵みでもあるということです。

いい生き方をするための法則53
働くことは、人生をきりひらく知恵。

選択課題

１．君の職業倫理をテーマに、クラスのエッセイや自分の日記を書いてみよう。

２．クラスメートや友人に、仕事をする上で手本となる人がどんな人物か、説明してみよう。

３．どんな仕事が君はイヤ？　この好き嫌いを克服するにはどうしたらいいか、日記に書き込もう。

1 Benedict of Nursia：ヌルシアのベネディクト（ベネディクトゥスとも。480年頃–550年頃）は、西欧修道制の創設者、聖人。イタリア中部、ヌルシアの名門の家に生まれ、500年頃法律を学ぶためにローマに赴いたが、この古都の退廃に衝撃を受けて隠修士（神との一致を求めて砂漠などで独り修道生活を送る者）となり、アフィレやスビアコの洞窟で修行した。また、彼のもとに集まった修道士のために、十二の修道院を建ててその指導に当たった。のちにモンテカッシノ修道院に移り、晩年、彼の唯一の著作『ベネディクト会則』を執筆し、これが7世紀中頃からヨーロッパ各地の修道院に取り入れられたため、ベネディクト会の始祖とされる。

2 ユダヤ教は、第4章脚注 Judaism を参照。

3 キリスト教は、第1章脚注 Christianity を参照。

4 第1章脚注 エデンの園の欄を参照。

〈出典：㈱平凡社『世界大百科事典』、三省堂『大辞林』、ブリタニカ・ジャパン㈱『ブリタニカ国際大百科事典 小項目事典』〉

Wising Up 53

54. 遊ぼう
―Play

> *仕事ばかりで遊ばないと、ジャックは愚か者になる。*
>
> ――イギリスの格言

　このことわざの韻は、かつて親しまれたものでしたが、最近ではさっぱりの観があります。清教徒的な英国系アメリカ人社会において私たちは、「遊ぶ」という能力を失ってしまったようです。

　遊びは幼い子供がすること。だから、5歳までには本が読めるようになって、10歳になる頃には、どの大学に行くか考えるべきなんじゃないかって、ちょっとそれは行き過ぎてはいませんか。

　怠けると悪魔が忍び込む。だから必要なくても仕事を作り出さなくっちゃ。何をやってもいいから、とにかく遊ばなければいいんだよね、というふうに信じていませんか。

　では、遊びってそもそも何でしょう。この答えは、過去にルイ・アームストロングが、ジャズって何ですか、と尋ねられた時の返事と、きっと同じになるでしょう。彼曰く、「君ィー、聞かなきゃならないようじゃ、きっと一生分かんないよ……」。

　ウェブスターの1990年度版卓上辞典を引くと、「楽しいことや陽気なたわむれ、真剣さとは真反対の意」というのが、遊びの定義の一つにありました。まさにこれです。真面目にやる、でもそうじゃない時は、思いっきりアッソボー！

172

WisingUp 54

　遊びは、ジャズのようなものだと考えてみてください。即興で作ってゆくのです。自分の心が赴くまま、演奏したい時に、演奏したいように、演奏するのです。自分の好きなことを自分のやり方でやることです。心の奥の自分自身が、原っぱを駆け回ったり、自由に踊ったりすることです。しかし悲しいかな、遊びが生みだす効用が大きいにもかかわらず、私たちが心ゆくまで遊ばなくなったのは残念なことです。ともすれば、遊ぼうとする行為までもが一大企画となり、死ぬほど完全な計画を立てて、遊びの本来の目的を失うほどにさえなっているのです。

　ですから、どうぞあなたの人生の中に、遊びの要素をいっぱい盛り込んで生きてください。何か真剣にやっている最中でも、ちょっと陽気にふざけることだってできますよ。どうかくれぐれも根を詰め過ぎないように。

> **いい生き方をするための法則 54**
> **普段から心がけて遊ぶことは、人生をきりひらく知恵。**

選択課題

１．君はどんなことして遊んでる？　日記に書いてみよう。いやいや、そんなことはちょっと忘れて、これから、どっか遊びにイコー！

２．さぁ、遊びから帰ってきてちょっと腰を下ろしたら、今遊んで楽しかったことについて、自分の感想や意見を言葉にしてみよう。

３．君の周りで一番遊び上手な大人は誰？　その人から得られる教訓は？

---

1 清教徒は、第33章脚注を参照。

2 Louis Daniel Armstrong：ルイ・ダニエル・アームストロング（1901年8月4日–1971年7月6日）は、アメリカのトランンペット奏者、歌手。愛称はサッチモ。ジャズ誕生の地、ニューオーリンズの貧しい家庭に生まれ、非行少年として入った感化院のブラスバンドでコルネットを習う。出院後も演奏を続け、1922年には、先輩のキング・オリバーに招かれたシカゴで、天才ぶりを披露した。生前、ジャズ史上不滅の名演を残し、多大な影響を及ぼす。数々のヒット曲や映画出演も多い。

〈出典：㈱平凡社『世界大百科事典』、The Biography.com ウェブサイト、日外アソシエーツ
　　　『20世紀西洋人名事典』〉

55. 許そう

─Forgive

もし誰かがあなたに悪事を働いたら、
　その罪を許し、寛容にそれを忘れ去りなさい。
　その悪事をいつまでも気に病むと、それが他の誰でもない
　あなた自身を傷つけることになるからです。

──メノナイトの助言[1]

　この知恵は、まさにキリスト教[2]の中核を成すものです。ところがこれは、私たちの意に反することなので、実践するのが大変難しい助言です。

　人間の中には、生来の復讐的本能が備わっています。誰かからひどい仕打ちを受けた時、私たちは、自分がされたこと以上におまけをつけて、仕返ししてやりたくなります。

　これについては、私たちも、イスラエルとパレスチナの交戦状態とあまり変わりません。「許す？　バカ言うなよ！　それより、報復襲撃を企てて、俺たちが殺られた数よりもっといっぱい殺してやろうぜ。あんなひどいことして、ただじゃ済まされないってこと、アイツ等に見せてやるんだ！」といった具合です。

　「もう一方の頬も向けなさい」というイエスの言葉[3]は、難し過ぎるとしても、何れ私たちは、この諍いを終わらせなければなりません。例えて言うなら、それこそ“ヨーロッパ合衆国”の方が、“百年戦争”[4]よりどれだけいいか分からないのです。長年の宿敵であったドイツとフランスも今やいい友達になりました。民族的、人種的にも関連深い隣人同士が、何百万というおびただしい数の市民、老若男女の命を奪い合い、傷つけ合わね

ばならなかったなんて、なんと残念なことでしょう。それも、国交の"正常化"を図るためにです。

　12 ステップ[5]のプログラムに参加したメンバーたちは、彼らが過去に怒らせたり危害を加えたりした人々の中で、誰より傷を負わせたのは、実は自分自身だったという結論に達しています。もし彼らが、その行いを改めたいという気持ちになれば、その時がまさに、関係を修復する好機になるでしょう。国同士でも、おそらくは同じことが言えると思います。

　許すということは、決して易しいことではありません。でも、それができたら、すばらしい実を結びます。逆に怨みを持ち続けると、主として自分自身を痛めつけるばかりか、全く罪のない傍観者までをも傷つけることになるのです。

> **いい生き方をするための法則 55**
> **許すことは、人生をきりひらく知恵。**

選択課題

1．君はどんなふうに、他人を、そして自分を許しているだろう。このことについて、日記に自分の意見を書いてみよう。
2．君には、誰か許さなければならない人がいる？　熟慮したのち、努力して実行しよう。
3．君の知っている執念深い人のことを描写してみよう。どうして君は、その人のようになりたくないのだろう。

---

1 Mennonite：メノナイト（メノー派）は、キリスト教（第 1 章脚注 Christianity 参照）再洗礼派（16 世紀スイス、オーストリア、ドイツ、オランダを中心に出現したキリスト教急進派の総称で、宗教改革思想を徹底し幼児洗礼を否定したため弾圧され、多くはアメリカ大陸に移住した）教会の一派——アナバプティスト。スイスで興り、迫害後オランダの Menno Simons（メノー・シモンズ——オランダの宗教家。1496 年頃–

1561 年頃）により再興された。新約聖書（第 23 章脚注参照）に基づき、絶対平和主義を唱える。（第 19 章脚注 John Knox、第 33 章脚注 清教徒、同章脚注 Protestant、並びに、第 78 章脚注 John Wesley も合わせて参照。）

2　キリスト教は、第 1 章脚注 Christianity を参照。

3　新約聖書（第 23 章脚注参照）『マタイの福音書』第 5 章 第 39 節、及び、『ルカの福音書』第 6 章 第 29 節に記載されている、「人もし汝（なんじ）の右の頬を打たば、左をも向けよ」というイエス・キリスト（第 1 章脚注 Jesus Christ 参照）の名言。

4　百年戦争（ひゃくねんせんそう）は、フランスの王位継承問題、羊毛工業地帯フランドルの主導権争いなどが原因となり、1337 年から 1453 年の間、断続的に戦われた英仏間の戦争。前半、イギリスが優勢だったが、ジャンヌ・ダルクのオルレアン解放などにより形勢は逆転し、カレーを除く全フランスから英軍が撤退して終結。

5　12 ステップは、第 6 章脚注 The Twelve Steps を参照。

〈出典：いのちのことば社『バイリンガル聖書』、研究社『新英和大辞典』、三省堂『大辞林』、「名言集──心を揺さぶる最高の言葉」ウェブサイト〉

Wising Up 55

56. とにかく「ごめんなさい」と謝ろう
—Just Say "I'm Sorry"

> 父は、そなたの許しを請いたい。
> そして共に生き、祈り、歌い、それから昔話を語り合って……。
> ——シェイクスピア[1]『リア王[2]』第五幕
> 王が娘コーディリアに語る台詞（せりふ）

　謝るのは大変なことです。シェイクスピアに登場する年老いたリア王は、忠実な娘コーディリアの許しを請うのに、国外追放や裏切りの行為を味わった第五幕までの、長い時間がかかりました。

　「ごめんなさい」というのは、年齢を問わず、誰にとっても難しいことのようです。もちろん時には、私たちが正しい時だってあります。でも、頑固な態度を取り続けていると、相手を遠ざけてしまうことになるので、事の正否がどうであれ、その態度が、既に間違った行為になってしまうのです。

　誰か他の人の感情を犠牲にしてまで、議論に勝ったところで、何の得があるでしょうか。

　12 ステップ[3]のプログラムは、いつもメンバーが謝罪するよう勧めます。例えば、ステップ 10 には、「常に過去の自分の行いを評価し直して、悪かったことを見つけたら、即座にそれを認めよう（と私たちは決意した）」とあります。

　結婚に関するガイドブックを開くと、新婚の二人は、一日の終わる就寝時間までには、争い事を解決するよう忠告しています。事の正否は別にし

て、二人の人間関係が何より優先されるはずだからです。従って、夫婦は
できるだけ早いうちに謝罪しあうことが肝腎です。

　エリック・シーガルの『ある愛の詩[4]』[5]の中で、主役の一人が、「恋して
る時は、ゴメンなんて言わなくてもいいんだよ」とか何とか、そのような
意味のことを言いましたが、この台詞を真に受けていると、離婚率は決し
て下がらないでしょう。

いい生き方をするための法則 56
過ちを速やかに謝罪することは、人生をきりひらく知恵。

選択課題

１．君は何か悪いことをした時に、素早く謝ることができるかな？　これ
　を話題にして、日記を書いてみよう。
２．「ごめんなさい」と言いにくいのはなぜだろう。友達といっしょに、
　お互いの意見を出し合おう。
３．謝ってはいけない時があるだろうか。この答えを、簡単なエッセイに
　してみよう。

---

1 シェイクスピアは、第 17 章脚注 William Shakespeare を参照。
2 『King Lear』:『リア王』は、シェイクスピア（脚注 1）作の悲劇。全五幕。三人の
娘を持つブリテンの老王リアは、長女と次女の甘言にのって領地を与えるが裏切られ
る。フランス王妃となった末娘コーディリアは父の救出に向かうが、戦いに敗れて絞
殺され、リア王は悲嘆のうちに悶死する。1605 年から 1606 年頃が初演。
3 12 ステップは、第 6 章脚注 The Twelve Steps を参照。
4 Erich Wolf Segal：エリック・ウルフ・シーガル（1937 年 6 月 16 日–2010 年 1 月 17
日）は、アメリカのベストセラー作家、脚本家、また、教育者である。ニューヨー
ク、ブルックリン生まれ。学士、修士、博士課程をすべてハーバード大学で修め、
1960 年代から 80 年代にかけてエール大学で古典文学を教えた後、プリンストン、

オックスフォード、ロンドン大学等でも教鞭を執る。ベストセラーになった（脚注5
の）『ある愛の詩』は、彼の初めての小説。ロンドンにて72歳で死去。

5『ある愛の詩』は、エリック・シーガル（脚注4）の1970年の恋愛小説『Love
Story』の邦題。ニューヨーク・タイムズで、ベストセラーの第一位になり、世界の
多くの言語に翻訳された。同年、映画化され、第43回アカデミー賞作品賞ノミネー
ト、同賞作曲賞受賞。第28回ゴールデングローブ賞作品賞（ドラマ部門）も受賞。

〈出典：ウィキペディア、三省堂『大辞林』、The New York Times ウェブサイト、小学館
　　　『デジタル大辞泉プラス』（2017）〉

WisingUp 56

57. ギブ・アンド・テイク
—Give and Take

> 施しをするその手が、同じく施しを受ける。
>
> ——エクアドルのことわざ

　この章は、いわゆる「中庸[1]」を諭すレッスンの一つです。いつも与えてばかりはやめましょう。最後は精根尽き果てるか、ドアマットのように擦り切れてしまいます。しかし同じくまた、もらうばかりもやめましょう。

　ポルトガル人で建築家の私の友人は、よく両手を広げたまま、人と自分の間で前後に動く動作を好んで見せてくれました。「これ分かる？　あげるのも、もらうのも、実際はおんなじ身振りなんだよ」と、彼は説明してくれました。

　まずは、かわりばんこにやってみるといいでしょう。君が話す、僕が聴く。僕が話す、君が聴く。口と耳が交互に働きますよね。発信者が受信者に、受信者が発信者になるのです。いい会話は、このギブ・アンド・テイクが基本です。いい人生を送る秘訣も全く同じこと。

　平等な人間関係は、この振り子の往復運動のような法則によって築かれるのです。例えるなら、市民に選出された政治家が、時には彼らを指揮し、時には彼らに仕えるという政治システムである、平等主義的政府もこれと同様です。支配者がすべてを受け取り、それ以外の奴隷たちがすべてを与える主従関係とは全く違う、お互いが、時にはリードしあい、時には従いあう、双方にとって有利な関係についてここでは話しているのです。

　例を挙げれば、国会議員が、国民投票においての懸案である、憲法上の

修正箇所の条項を書き上げるとします。すると、次期総選挙では、国民がこれを承認するかどうか決定します。その結果を受けて、今度はまた立法者である国会議員が、選挙民の意思に従うことになるのです。

　人生は、正反対の活動の連続とも言えます。歩いたり、眠ったり。働いたり、休んだり。学習したり、実践したり、などなど、まるで潮の流れが交互に変わるが如くです。従って、その流れに身を委ねることを学びましょう。

いい生き方をするための法則 57
与えることと受け取ることのバランスを取ることは、
　　　　　　　　　　　　　　人生をきりひらく知恵。

選択課題

１．ギブ・アンド・テイクに関する君の人間関係を、自己評価しよう。そして、この二つの行動がバランスを欠いているところがあったら、日記に書いてみよう。
２．クラスや職場において、この両方の実践の仕方を改善するとしたら、どんな提案があるか書き出してみよう。
３．家族内で、家事などの役割分担など、ギブ・アンド・テイクを効果的に利用するためのルールを設けよう。

1　中庸は、どちらにも偏らず、中正なこと（様子）。「中庸」という言葉は、『論語』の中で、「中庸の徳たるや、それ至れるかな」と孔子（第 44 章脚注参照）に賛嘆されたのがその文献初出と言われている。それから儒学（第 18 章脚注 儒教の欄参照）の伝統的な中心概念として尊重されてきた。古代ギリシャでは、アリストテレス（第 3 章脚注 Aristotle 参照）の「メソテース」という言葉で、それを倫理学上の一つの徳目として尊重している。また、仏教（第 18 章脚注参照）の「中道」（第 3 章脚注参照）と通じる面があるとも言われるが、仏教学者によれば違う概念であるという。
〈出典：ウィキペディア、三省堂『新明解国語辞典』〉

58. とにかく「イエス」と言おう
—Just Say Yes

> 「やる気」は、できるということと同じ。
>
> ——フランスのことわざ

『The Power of Positive Thinking』[1]（邦題『積極的考え方の力』）という本は、何も理由がなくて、爆発的なベストセラーになったわけではありません。自己改善の書籍の祖とでも呼ぶべきこの著書は、アメリカ人が、自国を今日のような並びない超大国にする手助けをしたのです。

ナポレオン・ヒル[2]は、「もしあなたがアイデアを思いつき、それを信じ続けられれば、きっと達成できる」と書き残しています。そしてその数十年後、アフリカ系アメリカ人のリーダーである、ジェシー・ジャクソン[3]が、この言葉を繰り返して演説し、彼自身の支援者を勇気づけることとなりました。

ナポレオン・ヒルは、年配のアンドリュー・カーネギー[4]に依頼されて、アメリカにおいて、自力で立身出世し、社会的成功を収めた人々について調査、研究をしました。その成功の秘訣はいったい何だったのでしょう。後年彼は、『Think and Grow Rich』[5]（邦題『思考は現実化する』）の中で、自らが学んだことを明かしています。その秘密は、「ポジティブな心の在り方——Positive Mental Attitude（PMA）」であるということです。

ＰＭＡと略されたこのコンセプトは、億万長者であった、故 W. クレメント・ストーン[6]によってより促進され、今日の精神訓練プログラムの基礎となりました。——「ポジティブであること、プラスに考えることにより、あなたは山をも動かすことになる。着想…、信念…、そして実現……」。

肯定的な態度で、すべての問題を解決はできないとしても、少なくとも、「そうだけど、でも……」というような、人生に対するあら探し的姿勢からでは到底到達し得ないところまで、きっとあなたは行き着くでしょう。加えれば、自分の中の「そんなことあるはずないだろう」的な態度を、問題なく払拭する効果は十分あるでしょう。私たちの頭の中で常時繰り返される「予言」は、それ自身が実現しようと働き出す力があるのです。

ですから、前向きに生きてください。自分の人生に関しては、どんなことがあっても、いつも「イエス」で臨んでください。自分が為（な）すべき部分は、自分でやるしかないのです。しかしその結果は、きっとあなたを喜ばせることになるでしょう。

> いい生き方をするための法則 58
> ポジティブに生きることは、人生をきりひらく知恵。

選択課題

1. 君はいつも自分の人生に「イエス」と言うタイプ？　それとも、「でも、やっぱり」とか、「そんなことあるワケないじゃん」型かな。このそれぞれのタイプの違いを踏まえて、日記の中で自己分析してみよう。
2. 今よりもっと積極的な態度で生きるために、君がやろうと思うことを三つ選んで書き出してみよう。
3. 君の周囲で、一番肯定的な生き方をしている人に話を聞いて、その人から学んだことを文章にしよう。

---

1 『The Power of Positive Thinking』は、Norman Vincent Peale（ノーマン・ヴィンセント・ピール――アメリカの作家、牧師。1898 年 5 月 31 日–1993 年 12 月 24 日）が 1952 年に著した書籍の題名。この本の印刷は、500 万冊を超えている。その内容は、読者が最良の人生を願い、何をするにも自信を持って臨み、目標を達成するパワー

を養い、心配症を克服して緊張のほぐれた生活を実現し、公私共に人間関係を改善して、生活環境を整えつつ、自分自身に優しく接する生き方を伝授する。(New York, New York: Simon & Schuster, 2003, ISBN-10: 0743234804, ISBN-13: 978-0743234801) また、この邦訳書は、月沢李歌子氏翻訳の『積極的考え方の力 成功と幸福を手にする 17 の原則』(ダイヤモンド社、2012 年、ISBN-10: 4478022720、ISBN-13: 987-4478022726) である。

2 Napoleon Hill：ナポレオン・ヒル (1883 年 10 月 26 日–1970 年 11 月 8 日) は、アメリカの文学、人文学、並びに、哲学博士。バージニア州南西部のワイズ郡に生まれる。世界的に有名で、成功哲学の祖とも言われ、PMA (Positive Mental Attitude)、HSS (Hill & Stone's Success Science) などの成功プログラムを世に送り出した人物である。

3 Jesse Louis Jackson, Sr.：ジェシー・ルイス・ジャクソン・シニア (1941 年 10 月 8 日–) は、アメリカの公民権運動 (第 20 章脚注参照) 家であり、また、バプティスト教会の牧師である。彼は、アフリカ系アメリカ人として初めて、1984 年、88 年共に、大統領指名選挙の民主党候補となり、91 年から 97 年までは、ワシントン市 (コロンビア特別区) において、「陰の上院議員」として活躍した。さらに 2000 年には、クリントン大統領から、大統領自由勲章が授与された。

4 Andrew Carnegie：アンドリュー・カーネギー (1835 年 11 月 25 日–1919 年 8 月 11 日) は、スコットランドで生まれたアメリカの実業家。幼い頃にアメリカに移り住み、カーネギー鉄鋼会社を創業し、成功を収めた。晩年、ニューヨークに音楽会場 (カーネギー・ホール) を建設するなど、教育や文化の分野へ多くの寄付を行ったことから、今日でも慈善家として広く知られている。また、ナポレオン・ヒル・プログラムの創始者、ナポレオン・ヒル博士 (脚注 2) にプログラム開発を発注したことでも有名である。

5 『Think and Grow Rich』は、ナポレオン・ヒル (脚注 2) の 1937 年の著作 (Shippensburg, Pennsylvania: Sound Wisdom, 1937, ISBN-10: 193787950X, ISBN-13: 978-1937879501) であり、また、この邦訳書は、田中孝顕氏翻訳の『思考は現実化する』(きこ書房、1999 年、ISBN-10: 4877710515、ISBN-13: 978-4877710514) である。内容は、五百名を超える成功者の協力を得て、ナポレオン・ヒルが体系化した、科学的自己開発書である。

6 William Clement Stone：ウィリアム・クレメント・ストーン (1902 年 5 月 4 日–2002 年 9 月 3 日) は、アメリカ、シカゴに本社がある保険会社、エーオン・コーポレーションの創業者の一人。晩年は、ナポレオン・ヒル (脚注 2) に師事し、ナポレオン・ヒル財団の会長も務めている。

〈出典：Amazon ウェブサイト、岩波書店『広辞苑』、ウィキペディア、Encyclopædia Britannica ウェブサイト、きこ書房『思考は現実化する』表紙、研究社『新英和大辞典』、Simon & Schuster『The Power of Positive Thinking』裏表紙、日外アソシエーツ『現代外国人名録 2012』〉

59. とにかく「ノー」と言おう
—Just Say No

> *疑うことを忘れるな。*
>
> —ギリシャのことわざ

　人の願いを聞き入れてあげるのはいいことですが、時には、本気で「ノー」と意思表示をすることも必要です。それをいつ言うのかが、殊の外重要です。

　さてここで、世界の知恵の宝庫から、どういった時に「ノー」と言うべきかについて、幾つかのキーポイントをご紹介しましょう。まず、あまりに話がウマ過ぎる時。これはおそらく間違いありません。こういう時は、自分の心ではなく、勘を信じることをお勧めします。慎重になりましょう。そしてただ「ノー」と言いましょう。

　次の例としては、あなたのおばあさんが、あなたの年齢では決してやらなかったようなことを、今あなたが考えているとしたら、少なくとも再考してみる価値はあります。このことで、いったい誰が得をし、誰が苦しむでしょうか。それによって、誰かがひどく犠牲になるようなことなら、「ノー」と言わざるを得ないでしょう。誰にとっても好都合な取り引きでなければ、する意味がありません。

　三番目に、法に触れるようなことは、いくら利益に結びつく可能性が高いとしても、これは実行しないでください。法律があなたを裁かなくとも、あなたの良心が裁くでしょうし、そのような良心を持つ人になるべきでしょう。

以上を踏まえて、「ノー」と言うべき時がどんな場合かを推し量ると、それはおそらく、自分にしっくりしないことを誰かがあなたにさせようとする時ではないかと思います。例えば、その仕事がいかに多額の報酬を保証するとしても、自分の中にそれに対する情熱や才能がない場合は、やめた方がいいでしょう。もし引き受けたら、たぶんあなたはひと月で不幸せになり、半年もすると惨めな自分になっているでしょう。自己が誰かを知り、自分が何が得意なのかを見極めましょう。そうしながら、自分にあった仕事を探すとか、そんな仕事を作り出すことだってできます。従って、何か釈然としない時には、残念ながら「ノー」と言いましょう。これは、人間関係でも同じことが言えるのではないでしょうか。

自分にとって何が有意義なことかを学んでください。そしてそういう機会が訪れたなら、その時は、喜んで「イエス」と言うのです。しかしそれ以外のことには、ただ「ノー」と言うことを覚えてください。

いい生き方をするための法則 59
「ノー」と言う時を学ぶことは、人生をきりひらく知恵。

選択課題

1．ただ他人の承認を求めて、自分が本来やるべき以上に、「イエス」と言ってしまうことが君にはあるかな？　その答えを自分の日記に密かに書き込もう。
2．人からの申し出をいつ受けるか、また断るかの決断の仕方について、自分への手紙に忠告を書こう。
3．君の周りに、何に対しても「ノー」と言う人がいたら、名前を明かさないで、その人のことについて書いてみよう。

60. 順番を待とう
―Take Your Turn

> 何事にも時期があり……。
> ―旧約聖書『伝道の書』第3章 第1節

　列を作って並びましょう。自分の番を待ちましょう。あなたの順番はそのうち時が来れば必ず訪れます。

　群集が、統制が利かないほど一箇所に群がる光景ほど怖いものはありません。皆、欲しいものに殺到し好き放題貪る……。また燃え盛る劇場から我先に逃げだそうと、お互いを踏みつけ合う観客たちの状況も同じです。

　この最後の場面のように、人命の危機にある時、人がパニックになるのはごく自然で理解できることです。がしかし、現実には、冷静になって自分の番を待っている方が、皆が安全に抜け出せるチャンスは高いのです。

　順番を待つことの重要性は、その公正さや、この極端な例のような場合における、安全性だけを取り上げて言っているのではありません。これは同時にまた、私たち「人間の時間」に対する、「神さまの時間」とでも言うべき対比を指して言っているのです。人間の時間は、基本的には、自分が欲しいものを今この時手に入れるための、人間的欲望によって成り立っています。瞬間的喜びを追い求める気持ち。私のやり方がイヤなら、とっとと出ていってくれという態度。

　一方、神さまの時間の中では、機が熟した時に、物事は自然に起こります。木の実は熟すと、自然に枝から離れます。物事は、それぞれの速さで熟してゆきます。青いりんごを木からもぎ取ることはできますが、まだ熟

していないこの実を甘くすることなど、私には決してできません。

つまり順番を待つということは、私たちの我慢強さにかかっているのです。すべての物事が、それぞれの法則や秩序に従って熟する自由を認めるということです。

「天の下には、あらゆる目的に、各々ふさわしい時がある」と私たちに気付かせてくれる、この『伝道の書』を書き残した人は、正しかったと言えるでしょう。だからこそ、誰の生涯にも、きっと輝く時が来るのです。

> いい生き方をするための法則 60
> 自分の番を待つことは、人生をきりひらく知恵。

選択課題

1．君は、普段どんな気持ちで自分の順番の来るのを待っているかな？ 我慢強く待つ性格？ それとも待てないで、つい割り込んだりしてしまう？ 自分の日記の中で、この課題を取り上げてみよう。
2．今日までの君の人生の中で、「しかるべき時機」ということを学んだ経験があったら、それについて書き表そう。
3．順番を待つことが、なぜ最終的に正義に繋がるのか、友人や同僚と意見を交換しよう。

---

1 旧約聖書は、第 1 章脚注を参照。
2『伝道の書』は、第 52 章脚注を参照。

61. 散歩しよう
─Take a Walk

> *問題は散歩しているうちに解決する。*
>
> （問題は自分で出口を見つけて出てゆく。）
>
> ──ラテンのことわざ

　イギリス人は、（運動不足な人がする）健康のための運動や散歩について よく話します。定期的な散歩は、本当に人を元気にする力があります。 食後だったら消化も助けるでしょう。ゆえに、夕食後はぶらぶら散歩が 一番。

　シエスタと呼ばれる昼寝の習慣を持つラテン文化においても、同じく歩 くことを勧めています。さらにギリシャでは、問題を処理する時は、決断 する前に少し時間を置くよう助言します。夜が知恵を貸してくれると彼ら は言います。夢が格好の解決策を提供してくれるかもしれません。アメリ カ人もまた、「一晩寝てみて考える」と言ったりします。

　一方ローマでは、これもラテン語であるコナンドラム（*Conundrum*） という、いわゆる、しゃれやとんちを含んだ謎解きをする時は、アンビュ レイト（*Ambulate*）する──歩く、動き回るの意で、簡単に言えば、「散 歩しなさい」と勧めます。この章の初めに紹介していることわざの言葉本 来の意味は、「問題を解く時は、散歩に出かけなくちゃ」というふうに書 いてあります。

　もちろん現在では、エアロビクス運動のように、歩いたり走ったりする ことで起こる心臓の速い心拍数の維持が、エンドルフィンの分泌を促進す ると説明している本も、あまたあります。

192

WisingUp 61

　近い将来私たちは、日々起こる問題に、いちいちふさぎ込んだりしなくなり、魔法のように意識の外へ遠ざけることができるようになるでしょう。案外無意識でいるうちに、図らずも正解が、ヒョイっと頭に浮かんだりする可能性もあります。あるいは心配をやめたとたん、実行できそうな解決法が、ふと閃くかもしれません。

　言うまでもなく、あなたが問題を抱えていなくても、是非散歩することをお勧めします。とにかく机を離れて、ただ外に出て動き回ってみるだけでも、実に健康的なことだからです。フランス人は、遊歩道（*Promenade*—プロムナード）を歩き、ドイツ人は、森を散策し、イタリア人や中部ヨーロッパ民族は、夜は表通り（*Corso*）へと歩き出します。要は、あなたの足が喜ぶことをするのです。

いい生き方をするための法則 61
散歩を習慣にすることは、人生をきりひらく知恵。

選択課題

１．君は散歩する人？　自分の散歩の習慣に触れながら、日記をつけてみよう。

２．歩くことが人生に与える影響について、君の意見をレポートにまとめよう。

３．誰かといっしょにいつも散歩するようにして、散歩中、何か自分の話したいことを話題にしてみよう。

---

1 Siesta：シエスタは、スペイン、南米などで日中の暑い盛りにする昼寝。

2 エアロビクス運動は、第 22 章脚注 Aerobic Exercise を参照。

3 エンドルフィンは、第 22 章脚注 Endorphin を参照。

〈出典：研究社『新英和中辞典』〉

62. 昼寝しよう
―Take a Nap

> ほんのまどろみの後に、永遠の目覚めが訪れ……。
>
> 　　　　　　　　　　　　　　　　　　　　　――ジョン・ダン[1]

　スペイン語のシエスタ[2]と呼ばれる昼寝は、最もすばらしい人類の発明です。「あっ、いっけないマチガッタ！」これは、人間が発明したものなどではなく、私たちの親類である他の動物たちを真似たものでした。

　熊は冬眠します。が、一番の昼寝上手は、実は猫です。猫は、夜でも昼でもいつもうたた寝し、地球上の動物の中でも、とりわけ優雅に、ゆっくりくつろいでいるように見えながら、なお非常に注意深い生き物です。

　どうやら語源が示しているので、昼寝を発明（実は発見）したという功績はスペイン人に譲るとしますが、赤道付近のインドやインドネシアなどの国々でも、夜間の方が涼しく活動しやすいため、そういう場所での午睡は当然の習慣です。ノエル・カワード[3]が過去に、インドでは、狂犬と英国人だけが、昼の最中に外に飛び出すと伝えています。

　私たちは、日に何度も食事をします。では、24時間のうち一度しか眠らないなんて、いったい誰が決めたのでしょう。昼寝から目覚めると、夕方から夜にかけての残りの時間、私たちの行動は総じて活発になり、注意が行き届くようになります。ドイツの科学者のリサーチでは、一日のうち、三十分仕事中に休んだだけでも、労働者の生産性が上がることが判っています。その研究結果を受けて、ドイツでは、職場に文字通りの"Rest Rooms"――「(トイレではない)休憩(仮眠)室」を設け、従業員に、折りたたみ式簡易ベッド、枕、寝袋等の、職場への持ち込みを認める会

社、団体が、続々と増えています。これでお分かりのように、「仕事中の居眠り」は、過去に就業規則違反であったものが、現在ではそうでなくなりつつあるのです。

> **いい生き方をするための法則 62**
> **昼寝をすることは、人生をきりひらく知恵。**

選択課題

1．君は昼寝する方かな？　ちょくちょく居眠りしたりする？　眠る長さは？　これらを合わせて、仕事の合間にする昼寝の効用について日記に書こう。
2．昼寝することが当たり前の場所に暮らしたことがあったら、それを題材にレポートを書いてみよう。
3．君が普段昼寝しない人だったら、一週間ぐらい試してみて、それが君にどんなインパクトを与えたか、友達に話してみよう。

---

1 John Donne：ジョン・ダン（1572年頃–1631年3月31日）は、イギリスの詩人、聖職者。大胆な機知と複雑な言語を駆使した17世紀形而上詩の代表的存在。（形而上詩は、広い意味では一般に哲学的思弁の詩、例えば、ルクレティウスの『物の本質について』やダンテ──第25章脚注 Dante Alighieri 参照──の『神曲』を指すこともあるが、厳密には17世紀前半の英詩の一つの流派によって書かれた、機知と奇想を特色とする詩を呼ぶ。）彼の詩風は、T. S. エリオットら20世紀の詩人や現代詩にも大きな影響を与えた。様々な角度から恋愛心理を解剖した傑作詩集『ソングス・アンド・ソネッツ』を始め、『世界の解剖』、『周年の詩』、『第二周年の詩』、『説教集』など代表作も多い。

2 シエスタは、第61章脚注 Siesta を参照。

3 Sir Noel Peirce Coward：サー・ノエル・ピアス・カワード（1899年12月16日–1973年3月26日）は、イギリスの俳優、劇作家。多芸多才と多作、豊かな機知で有名。子役として舞台に立ち、若い頃から劇作に進んでしばしば自ら演出や主演を兼ねた。『花粉熱』、『私生活』などの風俗喜劇、『陽気な幽霊』、『現在の笑い』などの戯曲の他、『直接法現在』、『不定法未来』と題する二巻の自伝を著す。監督も務めた1942

年製作のアメリカ映画『軍旗の下に』は、アカデミー賞作品賞と脚本賞にノミネートされる。70年に、サーの称号を受けた。

〈出典：㈱平凡社『世界大百科事典』『百科事典マイペディア』、三省堂『大辞林』、小学館『デジタル大辞泉』『デジタル大辞泉プラス』、日外アソシエーツ『20世紀西洋人名事典』、ブリタニカ・ジャパン㈱『ブリタニカ国際大百科事典 小項目事典』〉

Wising Up 62

63. 最良の結果を望もう
—Hope for the Best

> 望みなしでは、心はしぼんでしまう。
>
> —ギリシャの格言

「新しい一日、新しい運命」とは、ブルガリア人の言葉です。毎朝、あなた自身の人生の本にまっさらな1ページが加えられます。それは、あなたの世界を創造する新しい機会です。命のあるところには、必ず希望がある、そう、少なくともそうであるはずです。

最良の結果を望みましょう。しかし同時に、それに向かってひたむきに励みましょう。ヘブライ語のことわざによると、神さまは勤勉に働く方だそうですが、手伝って差しあげると喜ばれるようですよ。ちなみに、日本人は、戦後のめざましい復興が証明しているように、決心したら間を置かず、希望を持って事を始めることを、次のように表現しています。「思い立ったが吉日」。

ですから、自分の仕事をしっかりやり、後は宇宙に任せましょう。希望は、あなたを可能性に対して開かれた人にします。

「神さまはよく私たちの許を訪れる」とフランス人は言います。が、現実は、私たちの方が留守にしている場合が多いのです。希望とは、自分が家にいて、その扉を開け放していることです。神さまが必要としておられる時に、自分を利用してもらえる状態に置いていること、これが成功の三分の二を占めます。そしていよいよしかるべき時に、しかるべき場所にいると、驚くほどすばらしいことが起こることとなります。

WisingUp 63

　一方、悲観主義は、逆の影響を及ぼします。これを例えて言うなら、まるで地球上の衛星テレビ受信用アンテナを、衛星放送電波が入らないように、わざと向きを変えるような行為です。——それじゃあ、衛星がなくなって、電波も届かなくなるのかって？　無論そんなことはありません。しかしながら、実際に受信していない人の立場から見れば、電波があってもないのと同じように見えるかもしれません。

　希望を持つということは、この衛星アンテナを使って、電波を受信できるまで、天空をスキャン（走査）し続けることです。——じゃあ、もし電波が引っ掛からなかったら、どうすればいいのかって、今度あなたは尋ねるでしょう。だけど天に向かってスキャンしてみない限りは、そんなことは分かりません。だからやってみてください。楽観的な態度で、どうぞ一度試してみてください。

いい生き方をするための法則 63
希望を持ち続けることは、人生をきりひらく知恵。

選択課題

1．君は楽観主義者？　それとも悲観論者？　自分の日記の中でこの質問に答えよう。
2．楽天的な友人に話を聞いてみて、楽観主義が、彼らの人生にどんな効果をもたらしているのか、エッセイを書こう。
3．いつもより楽天的になるよう心がけて、一週間過ごしてみよう。そしてその結果について、友人と語り合おう。

---

1 ヘブライ語は、第1章脚注 Hebrew を参照。

64. 最悪の事態に備えよう
—Prepare for the Worst

> アッラー[1](神)を信じつつ、らくだもしっかり繋ごう。
>
> ——アラビアの格言

　英語のことわざで、上記の格言に相当するものは、もう少しきな臭くなります。——「神を信じながら、なお火薬も湿らすな」。湿った火薬は発火しません。それでは、敵が攻めてきた時に自己防衛ができません。これと同様に、砂漠地帯に住むアラブの人々は、らくだがいなければ絶望的だということを良く心得ているのです。オアシスでは、縄に繋がなくとも、動物たちはおそらくそこに留まるでしょうが、敢えて危険を冒す必要があるでしょうか。逆目に出れば、命取りになるのです。

　車を駐車する時私たちは、窓を閉め、ドアに鍵をかけます。ハンドルロック棒を差し込んで、車泥棒がハンドルを動かせないようにする人もあります。さらに、警報装置付きの車を買ったり、購入直後に警報器を取り付けたりします。

　用心し過ぎるということはありません。最良の結果を望みながら、同時に、最悪の事態にも備えましょう。

　インドネシアに行くの？　モロッコ？　それともフランス？　予防接種は済ませましたか。注射の有効期限は切れてはいませんか。チェックした方がいいですよ。100ドルほど支払って、一週間ぐらい痛い腕を抱えて過ごしても、注射を打つ価値は十分にあります。旅先では、何が起こるか分からないからです。

WisingUp 64

　さて、あなたは、いつかリタイアする日のことを考えていますか。退職後に支払われる年金が満足な額であるか、どうぞ前もって調べてみてください。実際のところ、あなたの退職時にその財源は確保されているでしょうか。次に、貯蓄、投資等は、種々違ったものに分配して行いましょう。株主や証券投資家は、特にご注意！　金融市場の動きはなかなか予想できません。また自社株を所有している従業員の皆さんも、細心の注意が必要です。エンロン²のような破綻例もありますから、昔の人が金貨を布団にぎっしり詰めていたように、どうか最悪の事態に備えてください。

　では最後にここで、ボーイ・スカウトの標語を思い出してみましょう。
──「備えよ常に！」

いい生き方をするための法則 64
最悪の事態に備えることは、人生をきりひらく知恵。

選択課題

1．君は、一つの計画に全財産を投じるタイプの人かな？　どうしたら抜かりなく、不確かな将来への下準備ができるだろう。日記の中で、入念な計画を練ってみよう。
2．旅行前に、家をどのように点検して出かけるか、親しい友人と話しながら考えてみよう。
3．最悪の事態に備えるのに、君に一番欠けている部分はどこか考えて、自分に手紙を書こう。

---

1 アッラーは、第4章脚注 Islam の欄を参照。

2 Enron Corporation：エンロン（2007 年に Enron Creditors Recovery Corporation に改称）は、アメリカ、テキサス州ヒューストンに存在した、総合エネルギー取引と IT ビジネスを行う企業。2000 年度年間売上高 1,110 億ドル（全米第七位）、2001 年の社員数 21,000 名という、全米でも有数の大企業であったが、巨額の不正経理、不正取引が明

るみに出て、2001 年 12 月に破綻に追い込まれた。特に自社株を、確定拠出年金プラ
ンに組み込んでいた多くの従業員が、多額の資産を失うこととなった。破綻時のエン
ロンの負債総額は、諸説あるが、少なくとも 310 億ドル、簿外債務を含めると 400 億
ドルを超えていたのではないかとも言われており、2008 年のリーマン・ブラザーズ、
2002 年のワールドコム破綻の次に位置づけられる、アメリカ史上三番目の企業破綻
であった。この事件を契機に、企業の不祥事に対する厳しい罰則を盛り込んだ企業改
革法（SOX 法）が、2002 年に導入された。

〈出典：ウィキペディア、小学館『デジタル大辞泉』〉

WisingUp 64

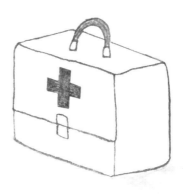

65. とにかくやろう
―Do It Anyway

> そこから出られないなら、もっと奥に入ってみよう。
>
> ――著者自作のことわざ

　好きでも嫌いでも、やらなくてはならないことがあります。食べたり、寝たりすることもそうですが、これらは大体楽なこと。

　それとは別に、楽しみとは言えないけれどもしなくてはいけないこと、例を挙げれば、期末試験の勉強をしてテストを受けるとか、仕事がない時に職探しをすることなどは、これに当てはまるでしょう。

　また、家庭を持つこと、社会の中に生きるということは、時間、空間、そしてエネルギーをお互いに分かち合いながら暮らさなければならないということです。そういうことが面倒で、結婚しなかったり、しても子供をつくらなかったり、ペットを飼ったりしない人があるのでしょう。けれどこのことに関して言えば、生きている限り人生は、歩み寄りと譲り合いの連続と言えるのです。無論状況は様々ですが、ここではとにかく、今、目の前にある仕事をやることを考えましょう。

　ここで明らかなことは、逃げられないなら、この際中まで入ってやってみるしかないということです。現在の状況を、自分の行動しやすいように改良できないか工夫してみたらどうでしょうか。あなたが、試験勉強をやらなきゃならないとする。それでは、有意義な勉強会を開いて、皆で一緒に最重要箇所をまとめ、お互いに質問しあうというのはいかがでしょう。また食後の皿洗い、これは面倒くさいものですが、例えば、無駄な隙間のないよう食器をいかに手際良く食洗機に並べられるか、ゲーム感覚でやっ

てみるとか、もっといいやり方としては、誰かといっしょに楽しくおしゃべりしつつ、のんびり洗いながら片づけるという方法もあります。家事は工夫次第で、驚くほど迅速で、且つ楽しい労働に変えることができるでしょう。

　生活術を学んだ人は、どんな単調な作業でさえ、光り輝かせることが可能なのです。

いい生き方をするための法則65
イヤでもやらなきゃならない仕事を独自のやり方でこなすことは、
　　　　　　　　　　　　　　　　　　人生をきりひらく知恵。

選択課題

1．面白くない仕事を、君は普段どんなふうにやっているだろう。この答えを考えながら、日記をつけてみよう。
2．君の友達仲間で、こういう一見面白みのないことを、人よりてきぱきと処理する人は誰だろう。彼らにコツを聞いてみよう。
3．こなさなければならない面倒な仕事を一週間きちんとやってみて、その経験を文章にしよう。

66. 人の好みにけちをつけない
—Don't Argue About Taste

> 好みに優劣はつけられない。(蓼食う虫も好きずき)
>
> ——ラテンの格言

　私たちの知っているドイツ人の女性は、ハワイに長い間住んでいますが、彼女が国へ帰るといつも、着ている服の色が派手過ぎると周りの人に文句を言われます。そのような色合いの服を身に着けるのは、年相応でないと言われるのだそうです。

　好みというのは、だいたいがお国柄のようです。例えば東インドの人たちは、西洋では考えもつかないような、色彩のコンビネーションを創り出します。インドネシアでは、男女を問わず、下半身を包み腰に巻く「サロン」と呼ばれる衣類を身に着けますが、これは、西洋人の常識では、女性だけが着けると思われているものです。また、スコットランドの男性は、国を代表して正装するとき、「キルト」と呼ばれるスカートをはきます。

　古代ローマ人は、古の時代から既に、人の好みについて言い合いをするのは虚しいことだと悟っていました。第18章でも触れたように、ある人が食べる肉は、別の人にとっては毒になることがあります。病気を治すペニシリンだって、アレルギーを持つ人を殺してしまうこともあるのです。

　美しさの概念もまた、まちまちです。なぜあの人がこの人に夢中になるのか不思議でならなかったり、誰かが家を改装したはいいけれど、よりにもよって、どうしてあんなに暗くてごちゃごちゃした部屋にしたんだろう、なんて解せないことはいくらでもありますよね。しかし、「美」は、それを凝視している人の瞳の中には、紛れもなく存在するものなのです。

ですから、友達と、誰それはアイツにふさわしくないだとか、例の服を着るとあの人は太って見えるのにとか言い合って、時間を無駄に過ごすのはやめましょう。友達を失くすことにもなりかねません。もし彼らがあなたの意見を聞きたければ、きっと尋ねるでしょう。また、実際に尋ねられたとしても、如才ない答え方をしましょう。もし仮に、誰かが判断を誤っているとしても、それはその人の趣味であり、その人に選ぶ権利があるのです。

それでは最後に、どうぞもう一度覚えておいてください。
「蓼食う虫も好きずき」。

> いい生き方をするための法則 66
> 他人の好みを尊重することは、人生をきりひらく知恵。

選択課題

1．他人が、君の服装や家具や友達の選択に影響を及ぼそうとしてきたら、君はどんなふうに感じるだろう。自分の意見を日記に書こう。
2．人を批判して、人間関係が壊れそうになったことが過去にあったら、その時の経験について文章を書いてみよう。
3．他人の好みを批評しなければならない時の如才ない言い方を、幾つか人に紹介しよう。

67. 人に命令するのはやめよう
—Don't Boss Others Around

> ゾウでさえ、優しい手一つで導くことができる。
>
> ——イランのことわざ

　あぁ、なんと難しいレッスンでしょう。特に、親であるあなた、リーダーである君には、耳の痛い話。

　「親の責任でしょ！」なんて、よく聞かれる言葉ですね。子供たちが公の場で暴れたりしたら、人は、親の躾け方が悪いと見なします。会社でも、社員が目標を達成できなければ、管理職は、その社員ではなくマネージャーを呼びつけます。そして、「なんで君はスタッフにちゃんと仕事をやらせないのかね」なんて、取締役からお説教されたりします。

　ですが、いい上司は、決して部下に命令したりはしません。彼らは、仕事を分担して任せ、明確な方向性と目標値とを設定し、必要があれば特別に指導し、定期的に問題の有無を確認し、従業員にそれぞれ責任感を持たせます。加えて、いい指導者は、その企画が仮に失敗した場合は、会社全体が損失を被り、逆に首尾よく行けば、皆でその成功を分かち合えることを、あらかじめはっきりと明示します。

　いい親になることも同じです。子供は小言ではなく、模範が必要です。あなたが子供に良く話を聞いて欲しいなら、まずは自分が、そう振る舞うモデルになりましょう。人を敬う態度を望むなら、子供たちを尊重することから始めましょう。人に優しく語りかける人間になってくれればと願うなら、いつも自分が、優しく話しかけるよう心がけましょう。

WisingUp 67

　ほのかな暗示が、強い命令に勝るとも劣らないことがあります。ロバート・レッドフォード[1]は、『The Horse Whisperer』（邦題『モンタナの風に抱かれて』）という映画の中で、手に負えないほど騒ぎ立てる動物の体に自分の顔を寄せて、穏やかに語りかけることで、動物たちは落ち着き、人に馴れるようになりました。いいと感じた他人の活動を褒めたり、やってくれたことに対して感謝の気持ちを表すことの方が、人を責めたり、恥ずかしい思いをさせるよりずっと、その人が好ましい振る舞いをしようという気持ちになることを、覚えておいてください。

いい生き方をするための法則 67
人が最善を尽くせるよう手助けすることは、
　　　　　　　　　　　　　　人生をきりひらく知恵。

選択課題

1．君は上に立つ者として、人をどう指導しているだろう。つい支配的になってはいない？　そうではなく、仕事をそれぞれに託して、彼らと共に目標実現に向かって励んでいるだろうか。自分の意見を日記に書き記そう。

2．最高の上司と最低の上司、両方について、比較対照するエッセイを書いてみよう。

3．より良いリーダーになるにはどうしたらいいか、自分に対して手紙を書こう。

---

1 Robert Redford：ロバート・レッドフォード（1936 年 8 月 18 日–）は、アメリカの映画俳優、監督。1959 年ブロードウェイで舞台デビュー。69 年の映画『明日に向かって撃て』でハリウッドスターの仲間入りを果たした。73 年の『スティング』では、アカデミー賞主演男優賞にノミネートされ、76 年の『大統領の陰謀』では、同賞八部門にノミネートされて、代表作の一つとなる。80 年には、監督業にも進出。『普通の人々』は、アカデミー賞作品賞に輝き、（文中の）98 年製作『モンタナの風に抱かれて』では、監督と主演を兼任。長年の功績により、2001 年には、アカデミー

賞名誉賞が贈られた。

〈出典：The Biography.com ウェブサイト、小学館『日本大百科全集（ニッポニカ）』、
　　　ブリタニカ・ジャパン㈱『ブリタニカ国際大百科事典 小項目事典』〉

WisingUp 67

68. 友は賢明に選ぼう
—Choose Friends Wisely

付き合う仲間で人が判る。

——英国系アメリカ人のことわざ

　人生において選べないものはたくさんあります。両親、性別、生まれた国、また、占星術の星座さえもそうです。しかし、友達、これは私たちが選択することのできるものです。

　ですが当然のことながら、私たち皆が、お互いの一番いいところを開花させることのできる友人を、選べるかどうかなんて保証はどこにもありません。世界のことわざは、これに対する警告をします。「類は友を呼ぶ」。解りやすく言うと、既にあなたが、精神的にかなり成熟していれば、同じように成熟した人を友達に選ぶ可能性が高いということ。だけどもし、そうでなければ、超マズいかも……。注意！　用心！　要警戒！

　以上のことを踏まえて、ここに危険が潜んでいることを理解しましょう。イギリスのことわざには、「犬といっしょに寝転がってたら、起き上がる時は蚤まみれになるぞ」という言い回しがあります。さらにブルガリアの人は、第30章でもご紹介したように、「狼を一匹呼び寄せると、何れ群れを成してやってくる」と警戒を呼びかけます。たった一個の傷んだりんごが、りんご箱いっぱいのりんごすべてを、腐らせてしてしまうことさえあるのです。

　快楽を貪る輩には気をつけて！　コカインを鼻から吸ったり、エクスタシーで乱痴気パーティーに興ずる人たちとは付き合わない方が賢明でしょう。それで救われるのは、あなた自身の命なのです。

のちに英国のヘンリー5世[3]に即位したハル王子は、青春の日々を良から
ぬ連中、例えば、フォルスタッフ[4]やその盗賊たちと過ごした時期がありま
した。それでも、幸いなことにハルは、取り返しがつかなくなる前に自分
の過ちに気付き、その後国の英雄にまでなるのです。青春期において彼
は、今日の十代の王族にもありがちな、お金を湯水の如く使い、特権を乱
用して問題を引き起こしたりする、典型的な甘やかされた若者でした。し
かし少なくともハルは、成長を果たしてヘンリー5世になったのです。

　ですから、くれぐれもあなたをおとしめるような友達にがんじがらめに
ならないでください。あなたには、確実に選択権があるのです。

いい生き方をするための法則 68
すばらしい友を選ぶことは、人生をきりひらく知恵。

選択課題

1．日記の中で、君が普段付き合っている人たちの、それぞれの精神的成
　熟度を評価してみよう。彼らは、君の心の成長を後押ししているかな？
2．課題1での評価を前提として、君自身がベストの自分になるように、
　君の親友がいつもどんなサポートをしてくれるか、解説してみよう。
3．真の友達が持つ特質について、短いエッセイを書こう。

---

1 Cocaine：コカイン（コケインとも）は、コカノキに含まれるアルカロイド（植物
体に含まれる有機化合物）。無色無臭の柱状結晶。粘膜の麻酔に効力があり、局所麻
酔薬として用いられる。習慣性が強く慢性中毒を起こすので、麻薬、及び、向精神薬
取締法の対象になっている。
2 Ecstasy（Methylenedioxymethamphetamine）：エクスタシーは、メチレンジオキシメ
タンフェタミン（略称MDMA）という合成麻薬の通称である。錠剤型麻薬の通称と
しても使われる。常温では白色の結晶、または、粉末で、その分子構造からしばしば
覚醒剤に分類される。視覚や聴覚に幻覚作用を引き起こし、乱用を続けると錯乱状態
に陥ったり、腎、肝障害や記憶障害などを引き起こす。

3 Henry V of England：ヘンリー 5 世（1387 年 9 月 16 日–1422 年 8 月 31 日）は、イングランドの国王（在位 1413 年–1422 年）。ウェールズ（第 37 章脚注 Welsh, Wales 参照）のモンマスに生まれ、若年の時から戦いに参加し、父ヘンリー 4 世を助けてランカスター朝成立期の国内平定に貢献した。シェイクスピア（第 17 章脚注 William Shakespeare 参照）の史劇『ヘンリー 5 世』の主人公として取り上げられている。

4 Sir John Falstaff：サー・ジョン・フォルスタッフは、シェイクスピア（第 17 章脚注 William Shakespeare 参照）の作品に登場する架空の人物。大兵肥満の老騎士。臆病者で「戦場のビリっかす」、大酒飲みで強欲、狡猾で好色だが、限りないウイット（機知）に恵まれ、時として深遠な警句を吐く憎めない人物として描かれている。『ヘンリー 4 世』（二部作）では（本文中の）ハル王子（後のヘンリー 5 世――脚注 3）の放蕩仲間として登場するが、第二部の最後に即位してヘンリー 5 世となった王子に追放されてしまう。続編の『ヘンリー 5 世』では、追放後間もなく失意の中で、（フランスで汗かき病のため）死んだことが仲間の口から語られるという形で紹介される。

〈出典：ウィキペディア、三省堂『大辞林』〉

WisingUp 68

69. 自己管理をしよう
―Work on Yourself

> 敵を征服するのは難しい。が、しかし修行僧たちよ、
> 己（おのれ）を征服することの方が、なおいっそう困難だ。
>
> ――釈迦の言葉（『法句経』）

　補修管理の延期とは、建物や土地の整備保全を先延ばしにすることです。通常、何でもメインテナンスが必要ですが、これはだいたいお金がないと後回しになってしまいます。

　定期的に自動車のエンジンオイルを交換しなかったら、車が使えなくなるように、私たちの自己管理にしても、先送りすると問題になります。その管理が、身体であれ、精神であれ、また感情や魂に関わることであっても、これを見過ごすと、危険な成り行きが待ち構えています。

　要約すれば、私たちは、継続的に自己管理をしなくてはならないということです。まずは、身体に必要な栄養をバランス良く摂取して、ゆっくり休養し、運動して健康を保つこと。これはとても大事なことです。が、それで終わりではありません。精神もまた、日頃から内面的蓄えを怠らず、鍛える必要があります。ユナイテッド・ニグロ・カレッジ基金の「精神を浪費することほどもったいないことはない」というキャッチフレーズは、私たちにこの重要性を思い出させてくれます。しかしなお、健康な身体に宿った健全な精神だけでも、まだ十分ではないのです。時として私たちの感情は、自分自身を踏みつけたり、他人の迷惑など顧みず我を通すことがあるからです。ダニエル・ゴールマン博士は、近年、"Emotional Intelligence（感情的知能）"という言葉を紹介してくれました。私たちは、感情の領域においても、これからますます自己を成長させ、成熟し続

216

けてゆかなくてはならないでしょう。

さて最後にここで、私たちの霊的な幸福というものに触れます。正式な宗教に所属すること、これは、私たちの霊的成長に役立つかもしれません。しかしながら、単にその団体の信徒であることだけでは不十分です。あなた自身が魂と継続的に強化される関係を維持することが肝要です。あなたが、より崇高な大いなる力との絶え間ない密接な交流を持つこと、これが不可欠と言えるでしょう。

つまり、自分自身を粗末にしないことがこの章のテーマです。自分が自分であるために、それを日頃から維持する効果的な方法を見つけましょう。

いい生き方をするための法則 69
自己管理をすることは、人生をきりひらく知恵。

選択課題

1．君自身の中で、他より自己管理のできている部分はどこ？ 身体、精神、感情、それとも、魂？ これからどこに、より力を入れなければならないだろうか。日記にその答えを書こう。
2．誰かとても調和の取れた生き方をしている人に、自己管理のヒントをもらおう。
3．自己改善のために、実践できそうなプランをざっと下書きしてみて、友達と意見を出し合ってみよう。

---

1 釈迦は、第 3 章脚注を参照。
2『法句経』は、第 50 章脚注を参照。なお、冒頭の引用文の内容は、『法句経』第 8 章第 103 節、及び、同章 第 104-105 節に記載がある。
3 United Negro College Fund（UNCF）：ユナイテッド・ニグロ・カレッジ基金は、アメリカのバージニア州フェアファックス郡を拠点に創設された慈善団体で、アフリカ

系アメリカ人学生のための学費援助をし、彼らに高等教育を施す目的で創設された。39 の私立大学への奨学金を募っている。1944 年 4 月 25 日、法人組織となる。

4 Daniel Goleman：ダニエル・ゴールマン（1946 年 3 月 7 日–）は、アメリカの国際的な心理学者で、専門職、企業経営者、並びに、数々の大学における聴講者に、頻繁な講演を行っている。彼の 1995 年の著書『Emotional Intelligence — Why It Can Matter More Than IQ』（New York, New York: Bantam Books, 2005, ISBN-10: 055338371X, ISBN-13: 978-0553383713）は、一年半の間、ニューヨーク・タイムズのベストセラーに記録され、世界中の 40 の言語に訳され、500 万冊を売り上げて、他の多くの国々でもベストセラーになっている。知能指数では測れない、人間の自己認識力、粘り強さ、熱意、自主性、共感度、社会生活における手際の良さなど様々な能力を "Emotional Intelligence" と呼び、その真価について語っている。

〈出典：Amazon ウェブサイト、ウィキペディア、Daniel Goleman ウェブサイト〉

WisingUp 69

70.「アロハ」
―愛と分かち合う心を持って生きよう
―Live Aloha

> 愛のない一生は、まるで夏のない一年のようだ。
>
> ――スウェーデンのことわざ

　ここハワイに住む私たちは、一年を通して常夏の気候に恵まれています。どうやらそれが理由で、人種の多様性がありながらも、ここに住む人は皆仲良くできるのかもしれません。およそ140万の居住者のうち、たった四分の一足らずが白色人種です。そして、ハワイでの半数以上の結婚は、この人種の枠を越えて結ばれています。

　ハワイ州のニックネームは、「アロハ・ステート (Aloha State)」。"Aloha" というハワイ語の意味は、"ha（息）"――「生命（あるいは、魂）の息づかい」を皆で分かち合うということです。これを言い換えれば、人が生息する地域の中でも、地球上で最も孤立して存在するこの小さな島々に在る資源を、ここに住む人たちとシェアすること、とも言えるでしょう。事実、ハワイは、世界で一番大きな海洋の真ん中に横たわっています。島に住む人は、皆と折り合えなければ、やがて去ってゆきます。

　たびたび目にする地元のバンパー・ステッカー（車両後部外側に貼る、広告、スローガンなどを刷り込んであるシール）の "Live Aloha（アロハの精神を持って生きよう）" は、運転する我々にそのスピリットを思い起こさせてくれます。ハワイのドライバーは、他の車に敬意を払う意味で自分の車の前に入れてあげるのが慣わしで、また入れてもらった人は、窓越しにありがとうと、親しみを込めて手を振って答えることもまた習慣になっています。なお且つこちらでは、警笛の音が滅多に聞かれません。危

険な時を除いては、鳴らさないからです。さらには、過去に一度ホテルの
ストライキがあった時、ハワイの住民が地元新聞の要望に応えて、私たち
が「ビジター」と呼ぶところの観光客の方たちに、自宅を開放し一時提供
したこともありました。

　地球という惑星も、宇宙と呼ばれる巨大な海に浮かぶ島に変わりはあり
ません。そして、技術革新と人口増加のお陰で、日々小さく感じられる島
になりました。私たちには、ここでいっしょに暮らしてゆく方法を見つけ
る以外に道はありません。「アロハ」を分かち合うことから始めるなんて、
悪くないですよ。

```
いい生き方をするための法則 70
「アロハ」の精神を学びながら生きることは、
　　　　　　　　　　　　人生をきりひらく知恵。
```

選択課題

1．君はどんなふうに物を分かち合ったり、人に温かく接したりしている
　　だろうか。君の「アロハ」の精神には限界がある？　それとも、世界中
　　を包み込めるかな？　このことを日記に書いてみよう。
2．誰か著名な人物で、「アロハ・スピリット」で生きている人のことを、
　　レポートにまとめよう。
3．毎日の生活の中で、「アロハ」の気持ちを表すにはどうしたらいいか、
　　小さいグループに分かれてブレインストーミングし、アイデアを出し合
　　おう。

---

1 Aloha：アロハは、「訳者からの言葉」のページに紹介されている『オリ・アロハ』、
並びに、「訳者あとがき」第八段落目も合わせて参照。

71．立ち上がって前進しよう
―Move On

> 進もう、そう進み続けよう。
>
> 　　　　　　　　　　　　　　　　　　　―アフリカ系アメリカ人の格言

　生きることは動くこと。死ぬことは止まることです。ウィリアム・ワーズワース[1]が、最愛の妻を亡くした後に書いた有名な詩[2]があります。

　　彼女はもう動かない、力もない
　　聞こえないし、見えない
　　大地の自転に取り込まれ回りゆく
　　岩や石や木々と共に

　さらに私たちは、生きている間でさえ、何かを乗り越えられないで前に進めない状態に陥ることがあり、これをよく「行き詰まる」、「抜け出せない」、あるいは、「袋小路に入る」といった言い方をします。ちなみに、この麻痺状態は、最近になって、PTSD（心的外傷後ストレス障害）[3]と呼ばれる、何か精神的に傷ついた過去の衝撃的な出来事に対する反応や結果として、多く現れる症状だと言われるようになりました。

　あなたがもしこのPTSDに悩まされていると思うなら、正式に医師の診断を仰ぐ方が良いでしょう。しかし単にふさぎこんでいる場合でも、親友に相談するとか、本職の宗教的アドバイスを受けるとか、運動することを習慣にしたり、何か興味のある講座に参加したり、もっと加えると、瞑想、ヨガなど霊的な発達を助ける修行、修練を定期的に始めるのもいいし、ボランティアなど人助けをするという方法もあります。そこから抜け出るのにやり方は色々ですが、言うまでもなく、あなた自身が何かを始め

ようと思うことが先決です。

　過去に縛られて、将来への希望を失くしたり、この現在の瞬間をありが
たく受け入れられず、生き切ることができなくなることほど、悲しいこと
はありません。私たちの心は、埠頭(ふとう)にボートを繋(つな)ぐロープのようなもので
す。あなたがどこか行きたいところがあるなら、その第一ステップは、こ
のロープを手放すこと。今いる場所から新しいところにたどり着くために
は、それ以外に方法がありません。

いい生き方をするための法則 71
前に進むことは、人生をきりひらく知恵。

選択課題

1．君は、自由に解放された魂の持ち主で、この「今」を生き、目の前の
　仕事に取り組んでいる？　それとも、過去を引きずったり、未来の不安
　に悩まされたりする方かな？　自分の日記の中で、これらの質問に答え
　よう。
2．「今、この場所」にいる自分を見失わずに生きてゆくための技術につ
　いて、幾つかアイデアがあったら、研究論文に取り上げてみよう。
3．自分の人生に起こってくる様々な障害を、君がどのように克服してゆ
　けるか、自分自身に手紙を書こう。

1　William Wordsworth：ウィリアム・ワーズワース（1770 年 4 月 7 日–1850 年 4 月 23
日）は、イギリスの代表的なロマン派詩人であり、湖水地方をこよなく愛し、純朴で
あると共に情熱を秘めた自然讃美の詩を書く。多くの英国ロマン主義詩人が夭折(ようせつ)した
（年若くして亡くなった）のに対し、彼は長命で、1843 年、73 歳で桂冠(けいかん)詩人（イギリ
ス王室の優遇を受ける、当代第一流の詩人）となった。
2　ウィリアム・ワーズワース（脚注 1）の 1799 年の作品『A Slumber Did My Spirit
Seal』。この章に紹介されている四行は、その第二節。

3 Post-Traumatic Stress Disorder（PTSD）：（心的）外傷後ストレス障害は、災害（事故）の体験の（目撃）後や犯罪被害の後などに生じる精神症状。被害体験の克明、且つ、反復的な想起、悪夢、不安、無気力など、様々な症状が見られる。

〈出典：ウィキペディア、研究社『新英和中辞典』、三省堂『新明解国語辞典』、『大辞林』〉

Wising Up 71

72. 自分の内側に入ってみよう
―Go Within

> 神の国はあなたの中にある。
> ──新約聖書『ルカの福音書』第17章 第21節[1]

　「百聞は一見に如かず」（第45章 冒頭の格言参照）と私たちはよく言います。従って西洋の中でも、とりわけアメリカでは、もしも人が見たり、聞いたり、味わったり、匂いを嗅いだり、触れたりできなければ、それはおそらく存在しないことと同じです。なのに、この国で神さまを信じる人が非常に多いのは、奇妙だと言わざるを得ません。

　しかし、この章は、神の存在について語るものではありません。ここでは、自分の内側にある活力の源泉とでも言うべき大切な場所について触れておきましょう。これは、ものを考えるということでもなければ、何かを心配したりすることとも全く違います。それとはむしろ反対に、自己の外側に気にかかることが存在する時すら、あなたが落ち着きを取り戻すことのできる静寂な聖なる場所、その重要性についての話です。

　海上を荒れ狂う嵐がどんなに酷い時でも、海の深いところまで十分潜ると、水が動かないところが存在します。これは私たちも同じこと。自分を包む外の状況がどれほど荒々しく騒がしいものであったとしても、私たちは、自己の内側のどこかにいつも、穏やかな場所を見出すことができるのです。

　この事実ゆえに、世界中で、個々の民族が惹きつけられるような、魂の世界に「潜り込む」ための技術を、人類は幾つも創り出すに至ったのでした。旧約聖書[2]の『詩篇[3]』23篇[4]や、仏教徒の三帰依文[5][6]が、その例として

ちょっと私の頭に浮かびましたが、そのような祈りの言葉や経典に出てくる一節などは、人々の心を平安へと誘うことができます。また他の例を挙げれば、安らかな心を大自然の中に求める人もありますし、スポーツや激しい運動が助けになることもあるでしょう。

　聖人と呼ばれる人たちは、この世界でのお役目に勤しんでいるように見えながら、その心はいつもこの静穏な場所に在ると言われます。ジャワ島に伝わる「外見は活発に、内面は穏やかに」ということわざは、まさにこのことを言い当てています。

　急速な変化の中にある21世紀は、様々な動乱が起こるでしょう。そして、このような時代をうまく生き抜いてゆける人は、自己の内に在る休息の場所を探し当て、そこから、またさわやかに元気を回復することのできる人だと言えるでしょう。

いい生き方をするための法則 72
自分の内側に入ってゆく習慣を身に着けることは、
**　　　　　　　　　　　人生をきりひらく知恵。**

選択課題

1．君には、「自分の聖なる場所に入ってゆく」ための、とっておきのやり方があるかな？　その方法を、日記の中に書き表してみよう。
2．何が原因で自分が冷静さを失うのか、クラスメートや友人と話し合ってみよう。
3．精神を落ち着かせるような、何か新しい心の訓練法を一週間試してみて、その後の自分の変化を文章にしよう。

1　新約聖書は、第23章脚注を参照。

2　旧約聖書は、第1章脚注を参照。

3 『詩篇』（Psalms）は、『詩編』とも書き、旧約聖書（脚注2）に収められた150篇の神への賛美の詩。

4 『詩篇』23篇（The 23rd Psalm）は、『詩篇』（脚注3）の中の一篇。ユダヤ教（第4章脚注 Judaism 参照）とキリスト教（第1章脚注 Christianity 参照）の両方において、祈りの言葉として愛され、よく唱えられてきた箇所で、「主は、私の羊飼い」で始まる、計六節の詩である。

5 三帰依（三帰とも）は、仏教（第18章脚注参照）用語で、三宝、すなわち、仏、法、僧に帰依すること。帰依仏、帰依法、帰依僧の総称。

6 三帰依文は、三帰依（脚注5）を誓願する言葉で、「我、仏に、帰依し奉る」で始まる、仏教徒の国際的な合言葉として広く親しまれている文章。

〈出典：岩波書店『広辞苑』、ウィキペディア〉

WisingUp 72

73. 欲望を鎮めよう
―Curb Your Desires

> *欲求を減らし、必要を満たそう。*
> ――モハンダス（マハトマ）・K. ガンディー[1]

　欲望を持つことは自然なことです。がしかし、際限のない欲望は不健全です。その一例として、私たちはマクドナルドで、ちょくちょく超特大サイズのフライドポテトと飲み物を注文し頬張ります。また、今日のアメリカでは、ショッピング・モールの数が、とうとう高等学校[2]の数を上回ってしまいました。さらには、一人一台以上の車を所有し、洋服ダンスには着られないほどたくさんの服がひしめき合い、ボーイフレンド、ガールフレンドも取っ替え引っ替え……。その上、ひと時代前までは贅沢品であったものが、現在では必需品になっています。私たちは、物が豊富であればあるほどいいと考え、まるで親友のようにこの欲望にしがみついて暮らしています。

　市場やマスメディアも助けにはなりません。それどころかむしろ、消費者の買い物熱に火を点けることに躍起になっているようです。なお且つ、クレジットカードは、カードを依頼していない人や、商品購入後支払い能力のない人にまでも発行されるようになりました。ちなみに、アメリカ国民のクレジットカードの負債額が、国債の額と肩を並べるようになったことさえ、驚くことではなくなったのです。一般のアメリカ人が、プラスチックでできたこのカードで武装することを覚えてしまい、そういう意味では、私たち一人一人にとって誰よりも自分自身を、最も危険な存在と見なすことができるでしょう。

　対照的に、「幸福」というものは、収入以内の生活の中にあるものです。

もし欲望を抑えることを学ばなかったら、結果的に私たちは、達成できない目標をいつまでも追い求めることになってしまいます。そんな私たちが行き着くところは、明らかな永久的欲求不満……。しかしそれとは反対に、このような執念に取りつかれないで、この欲求と現実的に付き合ってゆくことができれば、私たちは、物質的生活と精神的生き方とのバランスを取りながら暮らすことができるでしょう。

　欲望を制限することは、世俗的な物に背を向けることではありません。それは、単に我慢できるようになると言うよりは、物を買いだめしたい欲求や所有欲、身体的快楽に伴う執着心などが治まって、その欲望が穏やかな状態に保たれることを意味します。このようにして、欲する気持ちを程よく抑えられれば、自ずと"満足感"が得られるでしょう。そして、この"満ち足りた"状態を、別の言葉で「幸福」と呼ぶのです。

いい生き方をするための法則73
欲望を自制することは、人生をきりひらく知恵。

選択課題

1．君は、この大量消費主義に痛みを感じているかい？　この質問の答えを書くに当たって、その概要（アウトライン）を、できるだけ詳しく日記に書き出してみよう。

2．もし課題1の答えがイエスならば、自分で決めている限度を、つい超えてしまうエリアがあったら、リストアップしよう。

3．君の生活を簡素化するための三つの方法を考えて、日記の中で、それぞれについて意見を出してみよう。

---

1 モハンダス・K. ガンディーは、第25章脚注 Mohandas Karamchand Gandhi を参照。

2 Shopping Mall：ショッピング・モールは、屋根続きで冷暖房付きの大型ショッピングセンター。遊歩道や歩行者専用の買い物広場を中心とした商店地区（施設）。

〈出典：研究社『新英和中辞典』〉

74. 手に職をつけよう
—Learn a Trade

> 魚を一匹くれたら、一日食べられます。
> 魚釣りを教えてくれたら、一生食べられます。
>
> —中国の格言

　この助言は一目瞭然でしょう。ただし私たちの多くは、若い時に手に職を持ったり、家計を支えるための特殊技能を習得したりすることに、あまり熱心ではありません。ですが、どんな仕事に就きたいかという希望はあるにしても、その発想だけでは足りないことを覚えておいてください。いい仕事に就こうと計画を練ったり、自身の事業を成功させようと準備を始めることが、本当に価値あることになるのは、それを実行に移した時で、しかも現実は、それぞれの分野に必要な知識や訓練なしに、これを首尾よく実現させてゆくのは至難の業でしょう。

　外的要素の一つである雇用の安定や増加に依存しない、経済的基盤を確保するための知識や技能を身に着けることは、この新しい世紀が展開してゆく中で、極めて重要です。未来が不確かなこの世界で、例えば、有能な一起業家になることは、自己の成功や幸福を実現させようとする時の主要因になると言ってもいいでしょう。特に、開発途上の国々において成功の機会をつくり、それを最大限に活かしてゆく能力が、それぞれの国を築き上げることは言うまでもなく、その起業家たち自身が生き残り、また、より栄えてゆく上で、欠くことのできないものになるでしょう。

　家族を養えない、子供に教育を施せない、貧しい人々を援助できない、そして何より、十分生活経費をまかなえないことは、本当に悲しいことです。ですから、人並みの生計を立てる方法を、若いうちから学び始めま

232

しょう。後からきっと、そうして良かったと思いますよ。

> **いい生き方をするための法則 74**
> **生計を維持できる技能を習得することは、**
> **　　　　　　　　　　人生をきりひらく知恵。**

選択課題

1．人並みの生計を立てるのに役立つ特殊技能を、何か君は持っているかな？　また、これから新たに取得できる資格や免許で、その助けになるものがあるか考えてみよう。

2．経済的な問題が、生活の他の部分に及ぼす影響について、レポートを書こう。

3．自分の周りで経済的に最も成功している人に話を聞いて、そこから学んだことをまとめて書き出そう。

75. 正直な人になろう
—Be Honest

> 正直は最善の策。
>
> ——ミゲル・デ・セルバンテス[1]

　嘘には、罪のない嘘（White Lie）もあれば、悪意のある嘘（Black Lie）もあります。また、マジックにも、白魔術（White Magic——善神、天使などの助けを借りて善事を行う治療、救済などに使われる魔術）や、黒魔術（Black Magic——悪霊、悪魔などの助けを借りて悪事を行う魔術、妖術、呪術）などがあります。しかし、白魔術も黒魔術も同じくマジックであるように、嘘、それがどのような意図でつかれたものでも、それはやはり嘘なのです。

　アメリカの作家マーク・トウェイン[2]は、嘘についてうまいことを言っています。「嘘つきは、記憶力が良くなければならない」と。つまり、私たちが一つ嘘をつき始めると、その（でっち上げの）「事実」である同一のストーリーを、どこの誰にもいつも一貫して、まことしやかに話し続けてゆく必要に迫られるからです。

　嘘つき上手は、一言で言えば、見破られないよう完全に嘘をつき通すことのできる人で、普通私たちには難し過ぎてなかなかできません。

　昔、私たち著者の一人が十代の頃、彼は学校のクラスメートより年少でした。その頃ニューヨーク州では、18歳が飲酒できる年齢でした。年上の青年たちと普段から過ごしていた彼は、自身の年齢よりも大人びて見られたため、18歳であるかのように振る舞って友人たちとついビールを飲んでいました。ところがある日、彼の両親のカントリークラブで、ある芸

WisingUp 75

能人の催眠術をかけたいという申し出を引き受け、そこで、ばらすつもりのなかった15歳という自分の本当の年齢を漏らしてしまったのです。ちょうどそこで、複数のバーテンたちが見ていたため、この青年のクラブでの未成年飲酒歴は、この日を以て終了となりました。

このようにして嘘を暴かれるのは、本当に恥ずかしいことです。事実バーテンの人たちだけでなく、他の数人の女性にも、彼は18歳だと偽っていたため面目を失うことになり、この体験は彼にとって忘れられない教訓となりました。

ここでのポイントは自明の理でしょう。この21世紀、いや、どの時代においても、私たちがいい生き方をしてゆくためには、「正直が最善の策」ということです。

いい生き方をするための法則75
正直な人になることは、人生をきりひらく知恵。

選択課題

1. 今までに君は嘘を見破られたことがあるかな？　その経験から学んだことを日記に書こう。
2. 正当化できる嘘があるだろうか。クラスメートや友人と、この問題について話し合おう。
3. 真実を部分的に話すことは、やはり嘘だろうか。賛成論、反対論のエッセイを書いてみよう。

---

1 Miguel de Cervantes Saavedra：ミゲル・デ・セルバンテス・サアベドラ（1547年9月頃–1616年4月23日）は、スペインの小説家。外科医の子に生まれ、スペインやイタリアの各地を転々としたのち、レパントの海戦に参加して功績があったが、帰国の途中トルコ軍に捕らえられ五年間の虜囚生活を送った。帰国後も投獄や破門を体験するなど、波乱に富んだ人生を送りながら、1580年前後から創作を始め、1605年に

『ドン・キホーテ── El Ingenioso Hidalgo Don Quixote de la Mancha』の前編、15 年に後編を出して、スペイン文芸黄金世紀の代表的な作家となった。

2 マーク・トウェインは、第 25 章脚注 Mark Twain を参照。

〈出典：三省堂『大辞林』、ブリタニカ・ジャパン㈱『ブリタニカ国際大百科事典 小項目事典』〉

WisingUp 75

76. 忠実な人になろう
—Be Loyal

> 犬でさえ忠実でないことを恥じるなら、
> 　人間が不忠であっていいはずがあろうか。
>
> 　　　　　　　　　　—ジャラール・ウッディーン・ルーミー[1]

辞書には、「忠節」の定義を、国家、友人、あるいは、誓いに対して忠実であること、と書いてあります。短く言えば、約束を違えないということです。英語の "Loyal（忠実な）" という言葉は、フランス語の "Loi"、すなわち、英語の "Law（法）" と関連があります。そこには、自分が約束したことに対する義務感が存在するのです。神にかけて誓ったことに関しては、特にそうです。

不忠であることは危険でもあります。役人が上役に不忠を働いて職を免ぜられたり、時には、裏切り者としてリーダーに殺されたりするケースさえ見聞きします。殊に、独裁者と呼ばれる人は、忠誠心を要求することに狂信的です。ヒトラー[3]やスターリン[4]は、この病的現象が、比較的近年現れた例に過ぎません。

当然のことながら、どんな時も誠実に接してくれる人たち、例えば両親に対して、まず一番の忠義を尽くすことは理に適ったことでしょう。なぜなら、私たちがこの世に生まれるために苦労をし、衣食住を与え、倫理的価値観や信念を語り伝え、多くの場合、自分たちの楽しみを犠牲にして高等教育や旅行など、個人的な成長に繋がる様々な機会を、私たちに与え続けてくれたからです。

さて、自国に忠誠を尽くす愛国心と言われるものは、ほぼ例外なく誰も

が少なからず持つものです。古代ローマの詩人ホラス[5]は、今から二千年前に、「祖国のために死ぬることは甘美で、我等（われら）国民には打ってつけの仕事」と書き残しています。それから二千年後の現在、「理非を問わず、アメリカは我々の国である！」と多くの市民が叫びながら、この愛国的感情が声となって反響しています。しかしもし、あなたの中のこの上なく崇高な忠義心が、普遍的な真理や正義に向けられたものであるなら、その価値より低い他の忠誠心は、その座を譲らざるを得ないでしょう。そしてこの選択には、信念と、勇気と、時には命さえも必要となります。

> いい生き方をするための法則 76
> しかるべき忠義を尽くすことは、人生をきりひらく知恵。

選択課題

1. 君は家族や友達に対してどのぐらい忠実かな？　日記上でこのことを話題にしてみよう。
2. 忠誠心は時として「悪」になり得るだろうか。友人やクラスメートと、これを議題に話し合おう。
3. 君は、国のために人を殺すよう命令されたらどうする？　殺す、殺さない？　それはどうして？

---

1 Jalal al-Din Muhammad Rumi：ジャラール・ウッディーン・ムハンマド・ルーミー (1207 年 9 月 30 日–1273 年 12 月 17 日) は、ペルシャ四大詩人の一人で、神秘主義（スーフィズム——脚注 2 Sufism 参照）詩の最高詩人。高名な神学者を父にバルフに生まれたが、生涯の大半を過ごしたトルコ（ルーム）にちなんでルーミーと号した。一流の学者として多数の弟子を指導する中、1244 年に放浪の老托鉢僧（たくはつ）シャムス・ウッディーンに出会って詩作を開始。また、神秘主義教団「メフレビー（メウレウィー）教団（踊るダルヴィーシュ、デルウィーシュとも。第 80 章脚注 Dervish 参照）」の開祖としても名高い。名作『精神的マスナビー』は、神秘主義の聖典とも評される。
2 Sufism：スーフィズムは、イスラム教（第 4 章脚注 Islam 参照）の神秘主義。この派の初期の行者（スーフィー）がスーフ（羊毛）の粗衣をまとっていたのでこの名が

あるとされる。イスラムは実際的な宗教として発展したが、初期には禁欲主義的で現世よりも来世に幸福を求める面が強かった。この傾向を受け継いだのがスーフィズムで、修行や思索の助けを借りつつ、神を愛することで神と一体になる無我の恍惚境を目的とするに至り、ひたすら歌い踊ることによって神秘的体験を得て、魂を浄化し、信仰を深める。スーフィズムには、ギリシャ思想やユダヤ教（第4章脚注 Judaism 参照）、キリスト教（第1章脚注 Christianity 参照）、またインド神秘主義などが影響を与えている。（脚注1 Jalal al-Din Muhammad Rumi、及び、第80章脚注 Dervish も合わせて参照。）

3 Adolf Hitler：アドルフ・ヒトラー（ヒットラーとも。1889年4月20日–1945年4月30日）は、オーストリア生まれのドイツの政治家。ドイツに移住後第一次大戦に参加。1919年ドイツ労働者党に入党し、のちにこれをナチスと改称。雄弁で頭角を現し、21年には党首となる。23年ミュンヘン一揆に失敗し入獄。出獄後、党を再組織し、ワイマール共和制打倒、ベルサイユ条約打破、反ユダヤ主義を主張して、党勢を伸ばす。33年首相に就任し一党独裁制を確立。翌年大統領を兼ねて総統となり、軍備を拡張し対外侵略を強行。39年ポーランドに侵入し第二次大戦を起こすが、ベルリン陥落直前に自殺。著作『わが闘争』。

4 Iosif Vissarionovich Stalin：ヨシフ・ヴィサリオノヴィッチ・スターリン（1879年頃–1953年3月5日）は、ソビエト連邦共産党の指導者、政治家。グルジアの靴屋の子として生まれ、テイフリス（現トビリシ）の神学校に入った。在学中マルクス主義のグループに加わり、1901年に社会民主労働党テイフリス委員会の一員となる。ロシア革命ではレーニンを助けて活躍。その死後、一国社会主義論を唱えてトロッキーら反対派を追放し、36年新憲法を制定して、41年人民委員会議長（首相）就任。第二次大戦では、イギリス、アメリカなどと共同戦線を結成し、対ドイツ線を勝利に導いて、戦後は、東欧諸国の社会主義化を推進。死後、フルシチョフらから個人崇拝や専制的傾向を批判された。著作『レーニン主義の諸問題』など。

5 Horace —— Quintus Horatius Flaccus：クイントゥス・ホラティウス・フラックス（紀元前65年–前8年）は、古代ローマの抒情、風刺詩人。南イタリアのウェヌシア生まれ。アウグストゥス時代の代表的詩人として、ウェルギリウス（Publius Vergilius Maro ——ホラスと同時代のローマ最大の叙事詩人）と並称される。完璧な技巧と優雅な詩風で知られ、中、近世の西欧文学に影響を与え、特にその『詩論』は近代まで作詩法の規範とされた。著書に、『風刺詩』、『歌集』、『書簡詩』など。

〈出典：㈱平凡社『世界大百科事典』『百科事典マイペディア』、三省堂『大辞林』、小学館『デジタル大辞泉』、『日本大百科全書（ニッポニカ）』、ブリタニカ・ジャパン㈱『ブリタニカ国際大百科事典 小項目事典』〉

77. 責任を取ろう
―Take Responsibility

> 偉大であることの代償は、責任があるということである。
> ――サー・ウィンストン・チャーチル[1]

　幼い子供たちは、何か壊した時によく、「私の手がやったの」と言ったりします。叱られることが分かるからでしょう。少なくとも、親が悲しむ姿を想像することはできます。壊したものが高価だったり、貴重な思い出や愛着のあるものであればなおのことです。

　自己の取った行動の責任を取ろうとすることは、人間の成長の現れです。ラテンのことわざはこのことをありのままに表現しています。「我等は、自分に起こる災難の創造主である」。

　もちろん、私たちは、単なる"副"創造主に過ぎない場合もあります。ほとんどの行為が、様々なことが起因して目の前に現れているからです。「運」もまた、その役回りを演じることがあるでしょう。

　例えば、自動車に乗っていて赤信号で止まっている時に、すぐ後ろの車がスピードを下げずに追突したとします。運転手は、何か考え事をしていたのかもしれないし、お酒を飲んでいたとか、運転経験が浅く、ブレーキを踏むのが遅れた場合も考えられるでしょう。

　このように、不可抗力的な事態では、責任の取りようがないこともあります。時として私たちは、他人の行いや時代の犠牲者になることもあるからです。

242

しかしなお加えると、罪を犯す行為だけでなく、行動を起こさないで法に触れるケースについても、ここに挙げておきます。具体的に言うと、アメリカの多くの州においては、交通事故現場に出くわした時、止まって助けの手を差し伸べなかったドライバーは、軽犯罪に問われるということも覚えておいた方がいいでしょう。要するに、大人である私たちは、自分のしたこと、しなかったこと両方の責任を取る覚悟を持たなければならないということ。世の中も、また、自己の良心も、これを決して見逃さないということです。

> **いい生き方をするための法則 77**
> **自分の行動に責任を持つことは、人生をきりひらく知恵。**

選択課題

1．自分が行動を起こす、起こさないということに関して、君はどのぐらい責任感を持っているだろう。このことを客観的に日記に書き表そう。
2．国が自国の犯した罪の責任を取らなかった例を挙げて、友人といっしょに論議してみよう。
3．君が住む地域の役所の役人に手紙を書いて、彼らの誤りを指摘し、どんな方法でそれを改善してゆけるか、提案してみよう。

---

1 Sir Winston Leonard Spencer-Churchill：サー・ウィンストン・レナード・スペンサー・チャーチル（1874 年 11 月 30 日–1965 年 1 月 24 日）は、イギリスの政治家。1900 年保守党員として政界に入り、保護関税に反対してからは自由党に転じ、第一次大戦を挟んで、商相、内相、海相、陸相、植民地相を歴任後、再び保守党に復帰。第二次大戦には首相として強力な指導力を発揮し、連合国の勝利に貢献した。戦後は、ソ連、東欧諸国に対する西欧の結束を訴え、特に「鉄のカーテン」演説は有名。51 年再度首相となり、著書『第二次大戦回顧録』で、53 年ノーベル文学賞を受賞。55 年に引退。
〈出典：The Biography.com ウェブサイト、三省堂『大辞林』、小学館『デジタル大辞泉』
　　　　『プログレッシブ英和中辞典』（第四版）〉

78. 善行を積もう
―Do Good

あなたができる善行は何でもやりましょう。
あなたが講じることのできるすべての手段で、
あなたの考えつくすべての方法で、
あなたの行けるすべての場所で、
あなたができる時にはいつでも、
あなたと接する人には誰でも、
あなたができる限り長く。

――ジョン・ウェスリー[1]

　「善行」は、西洋では評判の良くない言葉として扱われるようになりました。いやに善良ぶった人とか、理想ばかりの慈善家というふうに、少し侮蔑的な意味を含んで表現される風潮があります。私たちは、善いことを立て続けに行う人の真意を測りかねて、つい訝しんでしまうのです。これらの目立った慈善の裏には、何か良からぬ意図が隠されているはずだと疑うのです。

　「いつも優しい人が本当に優しい人だとは限らない」とは、第30章で既にご紹介した、ポーランド人の言葉でした。微笑み過ぎる人の笑顔にくれぐれもご用心あれ！

　そうは言いながら、これでは悲し過ぎませんか！　しかし大変残念なことに、現実の私たちは、用心してもし過ぎないような物騒な世の中に住んでいるのも事実なのです。扉を叩く人は、詐欺師か、強姦犯か、それよりもっと恐ろしい人かもしれません。

WisingUp 78

　古代の伝統は良かったですね。あの時代の価値観は、人間が一人でも多く善行を為せば、それだけ世界はみんなにとっていい場所になるという矛盾のない前提の上で、人のためにできることは何でもしたいという私たちの意欲を掻き立てるものです。昔々、預言者ムハンマドの従弟で娘婿でもあるアリは、「一つの善行を次の善行に重ねてゆくことは、慈善の極みである」と語っています。また、その千百年後、キリスト教徒メノナイトの教訓は、「善い行いをすれば、あなたの後ろに美徳の功績が残り、時間の嵐すら、これを打ち砕くことはできない」と諭しています。

　注意深く生きることは、賢明なこととしながら、同時にこのアドバイスに従うこともまた、賢い生き方なのです。

いい生き方をするための法則78
善行を積むことは、人生をきりひらく知恵。

選択課題

1．善行を為していると称して実際は悪行を働いている人について、日記をつける時に取り上げてみよう。
2．君が知っている心底いい人のことを、エッセイに書こう。
3．ボーイスカウトの宣誓には、「一日一善の励行」とあるけれど、君はやってる？　するべきだと思う？

---

1 John Wesley：ジョン・ウェスリー（ウェスレーとも。1703 年 6 月 17 日–1791 年 3 月 2 日）は、キリスト教（第 1 章脚注 Christianity 参照）プロテスタント（第 33 章脚注 Protestant 参照）教会の一派メソジスト（脚注 2 Methodist 参照）運動の祖。オックスフォード大学に学び、父サミュエルと同じく、イギリス国教会の聖職者であった。1735 年、北アメリカ植民地へ宣教師として赴き、伝道に失敗するも、ドイツの敬虔派モラビア兄弟会の感化を受け、生きた信仰を与えられた回心を経験し、独自の伝道生活へ入る。愛における完全を説く彼の経験主義的信仰運動は、イギリス国教会に認められず、このメソジスト運動と教会は、イギリスでは産業革命の進展を背景に労働

者大衆の間に、アメリカでは西部開拓者の間にリバイバル（信仰復興）をもたらし、社会的にも大きな影響を及ぼした。著作に『キリスト者の完全』、『信仰日誌』など。（第 19 章脚注 John Knox、第 33 章脚注 清教徒、並びに、第 55 章脚注 Mennonite も合わせて参照。）

2 Methodist：メソジストは、プロテスタント（第 33 章脚注 Protestant 参照）教会の一派。1730 年代にイギリスのジョン・ウェスリー（脚注 1）らがオックスフォードで組織したホーリークラブによる信仰覚醒運動に始まる。95 年、正式にイギリス国教会から分立。アメリカを中心として全世界に広まった。1873 年（明治 6 年）日本に伝来。（第 33 章脚注 清教徒も合わせて参照。）

3 Muhammad（Mahomet, Mohammed）：ムハンマド（より誉め讃えられるべき者の意。マホメット、モハメッドとも。570 年頃–632 年 6 月 8 日）は、イスラム教（第 4 章脚注 Islam 参照）の開祖。アラビアのメッカ（著者「結びの言葉」脚注 Mecca 参照）の名門クライシュ族の出身。40 歳頃、アッラー（第 4 章脚注 Islam の欄参照）の神の啓示を受け始め、偶像崇拝の排斥とアラビア民族の覚醒とを推進しようと新宗教を提唱したが、当時の支配者、特権階級からの迫害を蒙り、622 年ヤスリブ（現メディナ、メジナとも）に聖遷（ヘジラ、あるいは、ヒジュラという）。教勢を拡張して 630 年メッカの征服を達成。のち、勢力は全アラビアに及び、632 年十万人の信徒を従えて最後のメッカ巡礼を行い、有名なアラエット山上の説教を垂れ、まもなくメディナにて病没。

4 Ali ibn Abi Talib：アリ・イブン・アビー・ターリブ（600 年頃–661 年）は、預言者ムハンマド（脚注 3）の従弟で娘婿。イスラム（第 4 章脚注 Islam 参照）の第 4 代正統カリフ（Caliph ──共同体、国家の指導者、最高権威者の称号）で、同教シーア派（二大宗派の一つで、もう一つはスンニ派）の初代イマーム（Imam ──礼拝を指揮する導師、宗教共同体を指導する統率者）とされる。幼少の頃からムハンマドに養育され、ムハンマドが預言者として活動し始めると、その有能な秘書として活躍。ハサンとフサインの二人の男児をもうけ、ムハンマドの血筋を後世に伝えた。第 3 代カリフ、ウスマーン（第 4 章脚注 The Koran の欄参照）の暗殺後、カリフに選出されたが、彼もまた反対派に暗殺された。

5 キリスト教は、第 1 章脚注 Christianity を参照。

6 メノナイトは、第 55 章脚注 Mennonite を参照。

〈出典：岩波書店『広辞苑』、㈱平凡社『世界大百科事典』『百科事典マイペディア』、三省堂『大辞林』、小学館『デジタル大辞泉』『日本大百科全書（ニッポニカ）』、ブリタニカ・ジャパン㈱『ブリタニカ国際大百科事典 小項目事典』〉

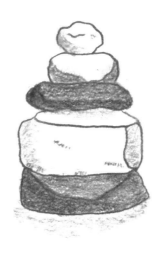

79. 笑おう
―Laugh

> 笑いは、人間の顔から冬を払いのける太陽である。
> ──ヴィクトル・ユーゴー[1]

　そして、上記の言葉に「心」を付け加えて、「笑いは、人間の顔と心から冬を払いのける太陽である」とも書けるのでは。エイブラハム・リンカーン[2]は過去に、「恐ろしい緊張に日夜さらされていると、笑いなしには生きられない」と言い残しています。

　ドイツにもこれに通ずる言い回しがあります。それは、「誕生の時、泣きながら生まれてくる私たちを、笑いながら人が取り巻いていたように、死に際には、泣きながら人が私たちを取り囲んでいる中で、笑いながら死ねるように生きよう」ということわざです。

　笑いは、私たちの心と魂に風を通します。笑わないでいると、毎日の暮らしが辛く感じられます。そしてここに、20世紀の実存主義哲学者たち[3]が、好んで指摘したことを書き添えれば、遅からず私たち人間はすべて有罪と見なされ、極刑に処されるということ。平たく言えば、命自身に終わりがあるということです。

　笑いは、この避けられない現実の荷を軽くし、私たちの日々の生活を持続させてくれます。笑いが、憂鬱で覆われた雲を破るお日様のように、灰色の空を青空に変えてくれるのです。笑い声は、悪魔やその類いを寄せつけません。事実、笑うことは、悪魔たちや、彼らが私たちに植えつける誤った考えなどを、追い払ってしまいます。もしそのような悪魔的存在が耐えられないものが一つあるとすれば、それは、笑うことが大好きな人間

だと言えるでしょう。

　インドネシアのジャワ島の人々は、しょっちゅう笑っている人は、がんにならないと言います。ここではその信憑性ではなく、この章で取り上げた法則、「笑い」の重要性を理解してください。同じことを、現代のアメリカのことわざも、「笑う人は衰えない」というふうに表現しています。

> **いい生き方をするための法則 79**
> **笑うことを忘れないことは、人生をきりひらく知恵。**

選択課題

1．君は頻繁に笑う人？　それとも、何でも真面目に捉える人？　自分の笑いの感覚やユーモアのセンスをトピックにして、日記を書こう。
2．周囲で絶えず笑っている人を観察しよう。そして、その人の人生に対する姿勢を見習おう。
3．朝五分間、自分の笑う姿を思い浮かべてみて、それを一週間続けてみよう。

1　Victor Marie Hugo：ヴィクトール・マリー・ユーゴー（ユーゴとも。1802 年 2 月 26 日－1885 年 5 月 22 日）は、フランスの詩人、小説家、劇作家。父はナポレオン軍の将軍で、母は王党派の家の娘。ブザンソンに生まれたが、教育は主にパリで受け、少年時代から文学に熱中し、王党派の詩人として頭角を現した。1827 年には、戯曲『クロムウェル』に付した有名な序文の中で古典主義の演劇を批判し、ロマン主義の文学運動に理論的な支柱を与えた。熱烈な共和主義者としても知られ、ナポレオン 3 世のクーデターに反対して、十九年間の亡命生活を送る。著作に、詩集『東方詩集』、『静観詩集』、小説『ノートルダム・ド・パリ』、『レ・ミゼラブル』、戯曲『エルナニ』、『リュイ＝ブラス』など。

2　Abraham Lincoln：エイブラハム・リンカーン（1809 年 2 月 12 日－1865 年 4 月 15 日）は、第 16 代アメリカ合衆国大統領。ケンタッキー州の農民の子として生まれ、インディアナ州、次いでイリノイ州に移り、様々な仕事をしながら独学で法律を勉

強。1836 年に弁護士資格を取得して開業。その後の長年に亘る政界での活動を経て、60 年に共和党の大統領候補に指名され当選。61 年に南部が連邦からの分離を宣言し、南北戦争となったが、北軍を指導して勝利を収め、連邦の維持に成功。63 年奴隷解放宣言を発し、ゲティスバーグの演説で、「人民の、人民による、人民のための政治」という民主主義の原理を示す言葉を残したが、戦勝直後に暗殺された。

3　実存主義は、人間の実存を中心的関心とする思想。19 世紀中葉から後半にかけての、デンマークのキルケゴール、ドイツのニーチェらをはじめ、ハイデッカー、ヤスパース、フランスのサルトル、マルセルらに代表される。合理主義、実証主義による客観的、ないし、観念的人間把握、近代の科学技術による人間喪失などを批判し、特に第二次大戦後、文学、芸術を含む思想運動として盛り上がった。ドイツでは実存哲学と呼ばれる。

〈出典：岩波書店『広辞苑』、㈱平凡社『世界大百科事典』『百科事典マイペディア』、三省堂『大辞林』、小学館『デジタル大辞泉』、ブリタニカ・ジャパン㈱『ブリタニカ国際大百科事典 小項目事典』〉

WisingUp 79

80. 踊ろう

—Dance

> 多くの芸術の中で、舞踏が最も気高く、感動的且つ美しいのは、
> これが単なる人生の解釈や抽象ではなく、
> 命そのものであるからです。
>
> ——ハヴロック・エリス[1]

　命は、ヒンドゥー教徒に言わせれば、宇宙のダンス。世界の維持を司る神ヴィシュヌ[2]は、しばしば踊り手として描かれます。破壊の神シヴァ[3]も同様です。

　現代物理学においても、エネルギーの不規則な運動としての見方から言えば、命はダンスと捉えられます。私たちに見えるもの、聞こえるもの、触れるもの、味わえるもの、匂いを嗅げるものすべてが、実は、目に見えない運動だなんて想像できますか。例えば机は、単に多くの電流が相互に作用しあっているほんのつかの間の産物に過ぎず、そのエネルギーが高スピードで踊っているので、固体のように見えているだけで、実際は、アメリカのSFテレビドラマシリーズ『スター・トレック——Star Trek』（邦題『宇宙大作戦』。第10章最終段落も参照）のホロデッキ[5]が作り出す世界のようなものです。コンピューターを消せば、すべても消えてしまいます。

　さて、シェイクスピア[6]の『テンペスト[7]』に登場するプロスペロー[8]もまた、このように述べています。

　「宴は終わった。この役者たちは前にも話したように、みな精霊だ。今では空気のなかへ、薄い空気のなかへと溶けてしまった。そして、この幻が礎のない建物であるのと同じように、雲を頂く塔も、豪華絢爛な宮殿

も、荘厳な寺院も、巨大な地球そのものも、地上のありとあらゆるものも、すべていずれは消滅し、今消えていった実体のない見せもの同様、跡形も残りはしない。我々は、夢と同じ材料でできている。この短い人生は眠りで包まれているのだ」。(戸所宏之　訳[9])

　しかし、もしそうであるならなおさら、私たち自身もまた踊らなければなりません。カザンザキスの小説に出てくるアレクシス・ゾルバ[10]が、自分より年若いボスに教えたように、踊ることは狂気から私たちを守る古代からの薬だからです。世界中の先住民族は皆踊ります。踊りは、私たちが頭で考えることから抜け出し、身体を動かすことへと導いてくれます。私たちも、ダルヴィーシュ[11]の人たちのように、この天球の調べに身を任せて、一生を通してくるくる回りながら、自分の踊りを踊って生きましょう。死のみが、静止しているのですよ。

いい生き方をするための法則 80
常日頃から踊ることは、人生をきりひらく知恵。

選択課題

１．君は踊ることが好き？　これまでの君とダンスとの関連を思い巡らしてみて、エッセイを書こう。
２．何かの身のこなし方を習うとか、ダンスのレッスンなどを受けてみて、その体験を日記に書いてみよう。
３．映画『その男ゾルバ[12]』か、『黒いオルフェ[13]』を観て、それぞれの映画の中で、踊りがどのような役割を果たしているか書き表そう。

1　Henry Havelock Ellis：ヘンリー・ハヴロック・エリス（1859 年 2 月 2 日–1939 年 7 月 8 日）は、性科学（セクソロジー）の創始者として知られるイギリスの医師。ロンドン近郊に船長の長男として生まれ、世界を周遊した後にロンドンに戻って医学を修め、開業医となったが、三十代で研究、著作に専念する。文芸批評、犯罪心理学、

天才研究などの業績もあるが、1894 年の『男と女』以来、性の研究に対する偏見と弾圧の強い時代に、一貫して性の科学的研究とその体系化に力を尽くした。主著は、『性の心理学的研究』（全六巻、1897–1910）で、古今東西のあらゆる分野の文献を集成した、一種の性科学の百科事典と言うべき労作である。

2　ヒンドゥー教は、第 19 章脚注 Hinduism を参照。

3　Vishnu：ヴィシュヌ（ビシュヌとも）は、ブラフマー（Brahma ——第 19 章脚注 Hinduism の欄参照）、シヴァ（脚注 4 Shiva 参照）と共に、インド教の三大神格の一つ。世界の維持を司るとされる保持神。クリシュナ（Krishna、Krsna とも）はその一つの化身。ブラフマーが宇宙を創造し、ヴィシュヌが維持し、シヴァが破壊するとされた。

4　Shiva（Siva）：シヴァ（シバとも）は、Vishnu（脚注 3）同様、三大神格の一つで、破壊と創造を象徴し、また人間の運命を支配すると言われるヒンドゥー教（脚注 2）の主神。

5　Holodeck：ホロデッキは、アメリカの SF テレビドラマ『スター・トレック—— Star Trek（宇宙大作戦）』シリーズに登場する、現実とほとんど変わりのないシミュレーテッドリアリティ（Simulated Reality ——通常コンピューターを使った、実験、訓練を目的とし、複雑な事象、システムを定式化して行う模擬実験によって、現実性を真の現実と区別がつかないレベルで真似ること）の世界を作り出すことができる架空の装置である。

6　シェイクスピアは、第 17 章脚注 William Shakespeare を参照。

7　『The Tempest』：『テンペスト』は、シェイクスピア（脚注 6）作の戯曲。五幕九場。1611 年頃の作品。"テンペスト"とは「嵐」の意であり、邦題では『あらし』と訳される。弟に所領を奪われ孤島に流された公爵が、嵐を呼び起こして弟らの船を難波させ復讐するが、やがて和解するに至る伝奇的ロマンス劇。共作を除けば、これがシェイクスピア最後の作品と言われる。

8　Prospero：プロスペローは、『テンペスト』（脚注 7）に登場する中心人物。合法的なイタリア、ミラノ公爵であったが、ミラノを乗っ取り、公爵を名乗ろうと企んだ弟アントーニオによって、娘ミランダと共に国外追放される。

9　引用訳出典：『シェイクスピア作品解説』戸所宏之著、シェイクスピア戸所研究所ウェブサイト、2003 年〔訳文振り仮名は本書訳者による付記〕

10　カザンザキス、アレクシス・ゾルバ、共に、第 22 章脚注『Zorba the Greek』の欄を参照。

11 Dervish：ダルヴィーシュは、イスラム教（第4章脚注 Islam 参照）の托鉢僧。体を激しく回転させる踊りや祈祷で法悦状態に入る。この伝統は神秘主義スーフィズム（第76章脚注 Sufism 参照）に端を発している。（同章脚注 Jalal al-Din Muhammad Rumi も合わせて参照。）

12 『その男ゾルバ』は、第22章脚注『Zorba the Greek』を参照。

13 『Black Orpheus』：『黒いオルフェ』は、マルセル・カミュ監督のフランス、ブラジル、イタリア合作映画。1959年公開。56年の戯曲を映画化したもので、ギリシャ神話のオルペウスとエウリュディケの物語の舞台を、カーニバルで盛り上がる公開当時のブラジル、リオデジャネイロに移し、ボサノバの古典的名曲も含まれる。第32回アカデミー賞外国語映画賞受賞、並びに、第12回カンヌ映画祭パルム・ドール受賞。99年『オルフェ』として、カルロス・ヂエギス監督の下、また新しく映画製作された。

〈出典：ウィキペディア、㈱平凡社『世界大百科事典』、研究社『新英和大辞典』『新英和中辞典』、三省堂『大辞林』、小学館『デジタル大辞泉』『プログレッシブ英和中辞典』、ブリタニカ・ジャパン㈱『ブリタニカ国際大百科事典 小項目事典』〉

結びの言葉

メッカでも人は金儲けをしている。

——西アフリカの格言

さらば、読者の皆さんへ

　これから話すことが、いい生き方をするための最後のアドバイスになります。それは、バランスを取ること。極端に走るのは簡単です。逆に、均衡の取れた生活は困難ですが、これを手放さないことです。

　物質社会と精神生活の両方の欲求を満たしましょう。地球上の文化的習慣の中には、この二つのどちらか一つの選択を良しとしているところもあります。が、あなたが、今生きている場所でやってゆこうと思うなら、そこに焦点を当ててください。しかしもし、真に精神世界のみに生きたいと願うのであれば、その場所から離れて生きる方が良いでしょう。

　21世紀を生きる私たちは、精神的成長の大切さを軽んじることなく、この物質社会に生活し、言い方を変えれば、日々の生活をこなす上で無能な人間にならないで、精神的にも高められる生き方を学ぶことが、成功して生きる秘訣です。

　バランスの取れた生活を目指すことの大切さは、他の領域にも当てはまります。例えば、自分の仕事の責任を果たしながら、なお家族や友人との時間も作る。健康的でおいしい食事、十分な休息、適度な運動をすることを心がけ、根を詰めて働いた後は、ゆっくりくつろぐ。私たちの男性面、

結びの言葉

女性面両方をうまく調和させる。また、人からの要求を満たす時も、全体としての人々の要望と、個人の長所を評価する必要性を、共に比較検討する、などがその例です。

　加えて、私たちは、何事も準備を怠ることなく、その一方で、のびのびと自発的に行動することも必要ですし、また、過剰とも言える現代の情報の中から、自分に必要で意味のあるものを上手に選び出すバランス感覚も持ち合わせなければならないでしょう。

　さらに申し添えると、人間には、頭だけでなく、身体も感情も、そして魂も共存しています。これらすべての器官には、ケアが必要です。どれかの器官が他を押しのけて機能しようとすれば、私たちは、古い中国の陰陽の哲学にある、お互いが正反対の機能を果たして補足しあうという同時性を損なうことになり、調和の取れた生活は、私たちの手から遠のいてしまうことを覚えておきましょう。

　それではいよいよ最後になりましたが、この地球上で、読者の皆さんめいめいの役割が見つかるよう心からお祈りしています。この本に紹介されている法則を、実際の生活に応用することで、皆さんはきっと、真に実りある人生を送ることができると信じています。母なる大地をも含めた、皆さんの周りのものすべてを豊かにしてゆきながら、同時に自分の夢も実現してゆけるような、そんな人生です。

心から "アロハ²" を込めて、

レナルド・フェルドマン、M. ジャン・ルミ

---

1 Mecca：メッカ（マッカとも）は、サウジアラビア、マッカ州の州都である。イスラム教（第4章脚注 Islam 参照）の開祖である預言者ムハンマド（第78章脚注 Muhammad 参照）の生誕地であり、聖なるモスク（第50章脚注 Mosque 参照）、カアバがある。最大の聖地とされており、当地へのハッジ（巡礼）は、体力と財力の許す限り、あらゆ

るイスラム教徒が一生に一度は果たすべき義務である。（第5章脚注 Ramadan の欄の「五行」を参照。）メディナ（前記ムハンマドが死没した場所）と並んで、イスラム教二大聖域とされる。「メッカ」という言葉は、宗教的な意味を超えて、重要な場所、人を惹きつける場所、あるいは、どっと押し寄せた人々が集う場所として、イスラム教徒に限らず、世界中のどこででも用いられるようになっている。

2 Aloha：アロハは、「訳者からの言葉」のページに紹介されている『オリ・アロハ』、第70章「アロハ——愛と分かち合う心を持って生きよう」、並びに、「訳者あとがき」第八段落目も合わせて参照。

〈出典：岩波書店『広辞苑』、ウィキペディア、研究社『新英和大辞典』、三省堂『新明解国語辞典』『大辞林』〉

結びの言葉

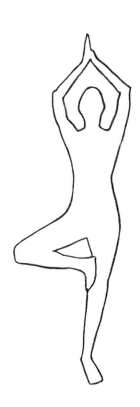

訳者あとがき

一人一人の心の平和が、世界平和の源泉。
戦争の種、平和の種、どちらを心に育むかは、私たち次第。[1]

——訳者の言葉

Aloha mai kākou ── 読者の皆さまごきげんよう！

　この本を手に取っていただき、ありがとうございました。
　この書籍は、アメリカで出版された「自分の一生をいい人生にしたい」
と願う人のために書かれた書物の翻訳であり、中国語版に続き、今回日本
語で出版されました。二人の著者と懇意にさせていただいたことがきっか
けで、私はこの本とのご縁をいただいたのです。それまで長い間、翻訳本
の読者であった私でしたが、過去に、原作と邦訳の両方を読んで、オリジ
ナルのエッセンスがまるで失われてしまった訳本に落胆することがありま
した。そこでこの度、この本の翻訳を任せていただいた友情の証に、原作
で作者が伝えようとしている本質的な要素を、できるだけ変容させないで
訳そうと常に意識しながら、なお日本の読者の方々が、違和感なくスムー
ズに読み進められるよう努めました。

　翻訳に当たって、まず語り口の設定をどうしようか随分と迷いました。
特に、悩み多き若い人たちの目に留まるためには、読者が日頃使っている
口語的な響きにした方が良いかと当初思ったのです。しかし読み進める
と、著者の聡明さと品位がごく自然に本全体に行き渡っていることが分か
り始め、話し言葉（いわゆる、ため口）的な表現と、この知性的なタッチ
を比較考量するうち、この二つはうまくかみ合わないことに気付きまし

訳者あとがき

た。結果として、口語的な言い回しは、必要な箇所を除いては、各章本文下の課題の欄に限り、これについても、全体のバランスを崩さない程度のマイルドな話し言葉に留（とど）めました。

次に、読書への意欲を喚起することと、原作の筆致から伝わってくる躍動感を表現する両方の目的のため、読者の注意を引きつけるような、ある意味、断定的、命令的な表現の採用についても検討しましたが、最終的にそのような言い回しは、本の始めから終わりまでを通して、敢（あ）えて使わないようにいたしました。そしてこれには、深い訳があります。

それは、私自身が幼い頃から、また成人してからも、日本や、韓国、中国などに歴史的に横たわる儒教思想の中に存在する、年長や目上の人からの圧倒的なパワーに、どうしても馴染（なじ）めず、生き辛（づら）さを感じていたことが一つ。もう一つは、長崎の被爆二世として生まれ子供時代から目にした、いわゆる反核運動の中にある、ともすれば、攻撃的な言葉や態度に、幼いながら「平和」というイメージを描くことができず、平和教育に携わる大人の中に、自分の「平和」の模範としたい人が見つからず、また地元で、世界平和に貢献しなければと繰り返し言われ続けながら、なお現実には、自分の納得するやり方が定まらないうちは、「平和」活動に従事できずにいた長い年月と、密接な関係があります。

まだ迷いの中にいた私は、2000 年に元気だった父を突然失うことになるのですが、ここで、人生においての大きな転機が訪れました。父の死を奇縁に、ホノルルの仏教寺院でご法話の英訳ボランティアを始めた翌年、9・11（2001 年 9 月 11 日の「アメリカ同時多発テロ事件」と呼ばれている出来事）が起こるのです。あの時夫と私は既に結婚し、二人の子供にも恵まれておりました。が、あの日を境に、主人や彼の家族、友人たちは、イスラム教徒ということで謂（いわ）れない差別に遭い、偏見の目を向けられるようになりました。

そのことをご相談したお寺のご住職が、ハワイの超宗教間懇話会 (Interfaith Dialogue Organizations) をご紹介くださり、ここから、仏教界だけでなく、Interfaith コミュニティーでの新しい奉仕活動も始まったのです。"Interfaith" という言葉は、日本の方には比較的新しく聞き慣れないかもしれませんが、多民族、多文化、多宗教が共存するここハワイには、各宗教宗派を超えた立場で人々が一堂に会し、各々の教義、伝統の相違点や共通点を学んだり、この理解と寛容の精神を地域社会に広めるための講座を開いたりする非営利団体が幾つも存在します。

　ここでお目にかかったのが両著者であり、ここでは、聖職に就く人、またそうでない方も、垣根なく共に活動しておられます。今でも、このようなリーダーの方々がシンポジウムの舞台に立っておられるお姿を初めて拝見した時の驚きを、私ははっきりと覚えております。その瞬間、「あっ、この人たちは菩薩の集まりなんだ」と直感できるほどの光とエネルギーを彼らは放ち、そのなんとも言えない優しく和やかな雰囲気や、実践の伴った知識と教養、そして、すべてを包み込む温かさに満ち溢れた不思議な光景と感覚に、私は包まれました。このような集まりで奉仕に携わる皆さんは、宗教だけでなく、育った国や環境、学歴や経済力、言葉も食事や文化も、人種や年齢、性別や性指向、各々の人生経験なども様々であるのに、ただ人間同士のリスペクトと親切心に裏打ちされた、毅然としていて同時にしなやかな揺るぎのなさが、しみじみとその佇まいに見て取れます。万教帰一、万教同根、などと言われるように、それぞれの篤い信仰の先にようやく見えてくる普遍的スピリチュアリティーとでも言えばいいのか、言葉にするのはとても難しいのですが、お互いが分かち合い、理解し合い、助け合い、励まし合い、なおいっそう高め合う皆さんの態度に心を揺り動かされ、やっと自分の探していた「平和」を、私はここに見つけたのです。

　この筆舌に尽くし難い、明るく澄んだ柔らかい空気とでも名づけたい環境は、ハワイ先住民の "Spirit of Aloha" が礎になっていることは言うま

訳者あとがき

でもありません。私自身も、父を亡くして悲しみに沈んでいた時期に、小学校では必須科目であるHulaを子供たちが踊るさまを見ていて、導かれるように習い始め、その「スピリット」が、どんなに"Inclusiveな（一切を抱き入れる）"姿勢であるかを体感して、「平和」の一番大切な部分が体現されているこのハワイの伝統文化と歴史に、心よりの尊敬と憧憬の念を持つようになったのです。

　ですからここでのボランティアは、人に対する奉仕というより、自分が少しでもこの方々の精神的クオリティーに近づきたいがために、時間と場所を共有させていただいているという方がより当たっています。ここにたどり着いたことで、それまで世界の平和が実現することに疑心暗鬼だった私が、このミニチュア地球の「平和」の存在を目の当たりにして初めて、私たち一人一人が、お互いの違いを超えて尊重し合い、魂と魂で付き合うライフスタイルを身に着ければ、争い事はきっと減少し、人類には、その多様性を保ちながら、なお融和できる可能性があることを、確信するに至ったのです。そこからは、自然に平和についてのスピーチや催しにも招かれるようになり、おかげさまで自身の平和活動も、始めて十二年になりました。

　私は、核がなくなればと強く願います。核爆発の破壊力は、人類の想像を超えるものであるばかりでなく、その放射能には、計り知れない影響力があり、私は多くの肉親をがんで亡くしましたし、自分もまたがんに苦しみました。けれども私は、核がなくなったからと言って、世界が平和になるとは思ってはいないのです。被爆二世が何を言うのかと怒られそうですが、人がまず平和な心を作り出す努力と実践をしながら、自らの精神性を向上させない限りは、もっと恐ろしい兵器を、人類はきっとまた作り出すでしょう。平和というのは、人の気持ちや態度が作り出すものであり、それは、自分自身の心の清浄がまずの始まりであって、そこから家族や友人とのふれあいや付き合い方、さらには隣人や職場や地域社会、といった具合に、目の前の人それぞれと折り合いながらやってゆけるかという、不断

の努力にかかっていると思っているからです。

　そして、親になった現在では、自分の言動が、直接子供たちの心身に多大な影響を及ぼすことを知り、この若い世代が何れ、政治家になり、科学者になり、起業家になり、教師になり、何より人の親になって、社会の根幹を造って行く人材になることを深く受け止めなければと思うようになりました。特に子供には、強い叱責の効用より、大人の生きる姿勢や人に接する態度が、よりインパクトを与えるものであり、親や教師である大人たちが、自分の精神を成熟させる心がけを怠っていては、子供たちの心の成長は望めないと悟るに至りました。その前提に立って、この若い世代のためにも、世の中の平和を実現するには、自分がまず心を平和にすること、そして、他人との違いを理解し、それを尊重することから始めなければ、結婚生活や子供とのやりとり、また商業活動や奉仕活動も、最終的にはうまく行かないことが解り始め、さらに、その実践を変わらず継続することが、いかに困難であるかも感じている毎日です。

　国際結婚をしてみて、世界中で自分が添い遂げようと決心した、たった一人の人を愛し続けるために、どれほど多くの気付きと反省と実践を続けなければならないか、身にしみていることもあり、世界の人すべてを、一人の人間が愛するというような非現実的な考えは想像も及びませんが、せめて、目の前の人に対する笑顔や挨拶、自分の発する言葉選びや振る舞い、相手の話に耳を傾ける姿勢など、色々なマナーや心遣いの示し方を身に着けることによって、たとえ人を愛すことが難しくとも、リスペクトすることは可能ではないかと思うようになりました。そしてこのリスペクトこそが、平和への大きな鍵だとも感じております。（できれば、第18章他人を尊重しよう、並びに、第50章 平安な心を持とう、も合わせてご参照ください。）

　先述した儒教思想には、その重要な役割があるものと理解しつつ、なお、その力関係については、目上や年長者に留まらず、年下や目の前の小

264

訳者あとがき

さな動物や植物に対しても、敬意を払う生き方を実践する努力を続けたいというのが、今の私の正直な気持ちです。従って、前置きが長くなりましたが、本の中で強い断定的な言い方や、命令形を使うのは、そこで扱われている古代、現代のことわざや金言に留（とど）めて、本文は、わずかな日常語を除いてはニュートラルを旨とし、表現の置き換えが困難な原作の躍動感を、せめて思いやりある日本語で補って、最後まで書き貫くことにいたしました。加えるなら、誰に対してもリスペクトある態度を実践する重要性に、この本を熟読して気付いたことが、何より私自身の翻訳の筆致に影響を与えたとも言えるでしょう。

　最後になりましたが、この書籍の出版に当たり、鳥影社の百瀬精一社長、小野英一編集部長、並びに、編集室の森山理恵さまには、ひとかたならぬお世話になりました。百瀬さまは、私が47都道府県の高等学校や公立図書館に、この書物を寄贈したいという願いを聞き入れてくださいました。また、小野さまは、あらかじめ英語の原作も読んでくださり、著書の本質を高く評価いただいたばかりか、この「あとがき」を、訳者である私が書き添えることについても強く奨（すす）めてくださいました。そして森山さまは、私の長引いた校正に、最後まで粘り強くお付き合いくださいました。この場をお借りして深くお礼を申し上げます。ありがとうございました。

　終わりに、この本に紹介されている多くの先人が残された言霊[9]の中に、読者お一人お一人の胸に響く知恵が、一つでもあればと願いながら、訳者のあとがきを締めくくらせてください。

Mahalo nui loa ── 深い感謝の気持ちを込めて

浅井　真砂

1 「訳者あとがき」冒頭の「戦争の種、平和の種……私たち次第」の部分は、北米先住民チェロキー族の『二匹のオオカミ』と呼ばれる説話を、訳者が短く日本語にアレンジしたもの。

2 儒教は、第18章脚注を参照。

3 被爆二世は、両親、あるいは、そのどちらかが、広島、長崎の原爆被爆者（原子爆弾による攻撃を受けた人）である人。

4 反核は、核兵器の製造、実験、所有、使用などに反対すること。

5 イスラム教は、第4章脚注 Islam を参照。

6 菩薩は、Bodhisattva の音写「菩提薩埵」の略。仏（釈迦は、第3章脚注参照）の位の次にあり、悟りを求め、衆生を救うために多くの修行を重ねる者。

7 Respect：リスペクトは、尊敬、尊重、考慮、配慮すること。敬意、注意、関心を払うこと。

8 Spirit of Aloha は、「訳者からの言葉」のページに紹介されている『オリ・アロハ』、並びに、第70章「アロハ——愛と分かち合う心を持って生きよう」も合わせて参照。

9 言霊は、古代日本で、言葉に宿っていると信じられていた不思議な力。発した言葉通りの結果を現す力があるとされた。

〈出典：研究社『新英和中辞典』、小学館『デジタル大辞泉』『ランダムハウス英和大辞典』（第二版）〉

訳者あとがき

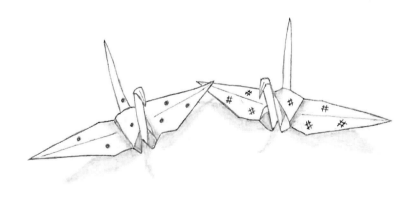

Translated from the English language edition of Wising Up: A Youth Guide to Good Living, by Reynold Feldman and Jan M. Rumi, originally published by Cowley Publications, an imprint of Rowman & Littlefield Publishing Group, Inc., Lanham, MD, USA. Copyright © 2007. Translated into and published in the Japanese language by arrangement with Rowman & Littlefield Publishing Group, Inc. through Tuttle-Mori Agency, Inc., Tokyo. All rights reserved.

No part of this book may be reproduced or transmitted in any form or by any means electronic or mechanical including photocopying, reprinting, or on any information storage or retrieval system, without permission in writing from Rowman & Littlefield Publishing Group.

〈著者紹介〉

レナルド・フェルドマン（Reynold Feldman）

ニューヨーク生まれのユダヤ系アメリカ人であり、彼は二十代で既にキリスト教に改宗した人である。ニュージャージー州のペディー・スクールを経て、学士、修士、博士号はすべてエール大学で英語を専攻して取得する。その後、大学教授や理事など、学長、副学長等の職歴がある。のち、色々な非営利団体の顧問として二十四年間を過ごした彼は、元ホノルル・ライオンズ・クラブの会長であり、また、アロハ医療団（Aloha Medical Mission）の取締役でもあった。現在はコロラド州ボルダー市在住で、11冊目の本を執筆中。この "WisingUp" は、彼が「知恵」を題材にした3冊目の著作。

M. ジャン・ルミ（M. Jan Rumi）

バングラディシュに生まれたイスラム教徒である。カトリック系の私立高校を卒業した後、ケンタッキー州にあるベレア大学で学ぶため、渡米。コンピューター科学を専攻してパードゥー大学での修士課程を終え、海外向けの大きな医療用品取扱会社に勤めた後、ホノルルに居住。十四年間、グラント・ソーントン・インターナショナル（Grant Thornton International）で経営コンサルタントを務めたのち、自身の社会福祉機関を立ち上げるべくそこを退職。彼はホノルル・ライオンズ・クラブの前会長でもある。この著書は、彼の初めての作品。

〈訳者紹介〉

浅井真砂（Masago Asai）

長崎に生まれ、ハワイ・パシフィック大学経営学部を卒業。ハワイ在住三十二年で、夫と共に立ち上げたコンピュタント（CompuTant）社役員である。父親の死去に伴い、2001 年より始めたパロロ本願寺での英訳ボランティアをきっかけに、ホノルルの超宗教間懇話会でも奉仕するうち、そこで両著者に翻訳を依頼された。自身の被爆二世の立場から、スピーチや平和に対する活動も行い、2009 年には、「オバマ大統領平和の祈りプロジェクト」において大統領の被爆地訪問の署名活動を実施。また2014 年には、「平和のためのホノルル原爆展」を開催した。趣味は、二人の娘たちと共に様々な教会や寺院でフラの奉納、慰問をすること。書籍の邦訳はこれが初めて。

本文イラスト　浅井真砂／浅井みか

今、行き詰まっている君へ ——人生をきりひらく80の知恵 WisingUp — A Youth Guide to Good Living 定価（本体1500円+税） 乱丁・落丁はお取り替えします。	2018年 7月 8日初版第1刷印刷 2018年 7月18日初版第1刷発行 著　者　レナルド・フェルドマン／M. ジャン・ルミ 訳　者　浅井真砂 発行者　百瀬精一 発行所　鳥影社（www.choeisha.com） 〒160-0023 東京都新宿区西新宿3-5-12トーカン新宿7F 電話 03（5948）6470、FAX 03（5948）6471 〒392-0012 長野県諏訪市四賀 229-1（本社・編集室） 電話 0266（53）2903、FAX 0266（58）6771 印刷・製本　モリモト印刷 © ASAI Masago　2018 printed in Japan ISBN978-4-86265-634-6　C0098